『宝島〔上〕』

しだいに朝日が高く東の海にあがってきて、ライジアの島々はまばゆく照らし出された。（240ページ参照）

ハヤカワ文庫JA
〈JA702〉

グイン・サーガ外伝⑰

宝　島

〔上〕

栗本　薫

早川書房
5049

THE THREATENING TREASURE

by

Kaoru Kurimoto

2002

カバー／口絵／挿絵

丹野　忍

目次

それは愛と哀しみの海だった。
ドライドンの海の果てに、はるかなヤーンの啓示のように、
ひろがってゆく時の海――
そのなかで、少年は、少年の日のさいごの甘やかな輝きが、
炎のはざまに消えてゆくのを見守っていたのだ。

――時の歌

宝島

〔上〕

登場人物

イシュトヴァーン……………………ヴァラキアの少年
ラン…………………………………イシュトヴァーンの右腕
グロウ
ジン
バール
デュラ
コール
ジューク
サロウ
コラン
アムラン
（以上）……………………………ニギディア号乗組員。少年
トリ…………………………………占い師
ラドゥ・グレイ……………………海賊。《黒い公爵》
カルマ
トロイ
タム
（以上）……………………………《黒い公爵》の手下
ベロ…………………………………老人

プロローグ

「……ト……シュト――」

誰かが――

おのれを呼んでいる声をきいたような気がして、イシュトヴァーンははっとおもてをあげた。

きいたことのある声――だが長い、長いこときいていない耳慣れた声。

「誰だ――?」

反射的に手を、まくらもとからかたときも放したことのない愛剣の柄にむかってのばさずにいられないのは、長い傭兵生活と、そしてそのあとのさらに凄惨な戦いの日々で、どうしてもただされることのない悲しい癖であったかもしれぬ。もっともじっさいには
イシュトヴァーンは悲しいどころか、むしろそれをおのれの誇りにして考えていたのだ

ったが。

「何か……お呼びになりましたか……？」

短気なあるじの声をききつけて、おのれをよんでいたのに気づかなかったのかとはっとしたのだろう。当直の小姓があわてて、控えの間から顔をのぞかせた。

「御用でありましたか、陛下」

「違う」

イシュトヴァーンは、いくぶん茫然とした目をうす闇にむけていた。我にかえったように、いつになく心もそらに答える。

「なんでもねえ。ひっこんでろ」

「失礼いたしました」

「――いや、ちょっと待て。なんだか、目がさめちまった。また眠れるかどうかわからねえ。火酒をひとつぼ、持ってきて、寝台の横のテーブルにおいとけ」

「かしこまりました」

ゴーラの殺人王、新都イシュタールの造物主――中原をゆるがす男、そして血まみれの殺戮者。ありとある不吉な渾名にいろどられる、このまだ若いゴーラの僭王に、ほんのちょっとであれさからおうなどと思うものはイシュトヴァーンの周辺にはただのひとりとしておらぬ。

小姓がいそいであるじの用をたすために引っ込んでいったのを見とどけもせず、イシュトヴァーンは目をおのれの思いのほうにむけた。ようやくすべてがしっくりと馴染み、回転しはじめてきたゴーラの新都イシュタール、もとのバルヴィナの心臓部である。しばらく余儀なく留守をしたあいだに、規律がゆるんでいるのではないか、反逆のくわだてがあるのではないか、完成間もない都であるだけに何か致命的な欠陥でもがあばきたてられているのではないかとイシュトヴァーンはひそかに不安であったが、そのようなこともなく、イシュタールはイシュトヴァーンにとって最愛の都のままであった。

(俺はのぼりつめた。そうだ、たとえどのような寄り道があったにせよ、どのようなことがあったにしろ、俺はここまでのぼりつめたのだ……俺は——俺はゴーラの帝王なのだ……)

すべてが夢であったかのようなふしぎな惑乱がイシュトヴァーンを襲っている。薄暗がりのなかに、誰かがうずくまって、おのれを呼んでいるような気がする。イシュタールにきてからは、悪夢にとらえられることも減っていると思っていたのだが——だが、いまはひさびさに何か夢をみていたようだ。

だが、悪夢、というほどでもなかった。むしろ、懐かしい——そして、哀しい夢であったような気がした。その証拠に、小姓には見せられぬことだが、枕が珍しくも、涙にすこし濡れていた。夢をみながら、彼は泣いていたのだ。

（波の音が、きこえていたような気がしたが……）

ここは内陸のバルヴィナ、どのような波の音がきこえてこようはずもない。まだしも、しばらく前まで滞在していたあの湖のほとりの町でなら、湖の波音を、懐かしい沿海州の海のそれと夢まくらに聞き違えることもありえただろうが。

だが、夢のなかで、俺は確かにレントの海に出ていた――イシュトヴァーンは思った。

「お待たせいたしました」

小姓があわてて酒のつぼを運んでくる。それをひったくるようにして、イシュトヴァーンは飲んだ。喉を焼く強烈な火酒の味が、からだのすみずみにまでしみわたってゆくようだ。小姓を追っ払い、もうひと口飲み、ぐったりと寝台の上に大の字に倒れる。

（そうだ。錯覚じゃない――俺は確かに、波の音をきいた――あれは、湖じゃない。もっともっと大きな――海の波音だった。潮のにおいまで、俺の鼻に感じていたような気がした――からだが、揺れている。そうだ……昔は、船にのってたころは、しょっちゅう――陸《おか》にあがっても、固い大地の上でやすんでも、いつもからだが波にゆられてるような気持がしていたものだ……）

（誰かが呼ぶ声を確かにきいたと思うのだが……）

あれは――

誰の声だったのだろう。

（ヨナ公？——いや、違う。あいつじゃねえ……）

もっと懐かしい——そして、かえることのないあの声は。

（誰だ……俺を呼ぶのは……誰だ……）

（俺だよ。——俺だよ、イシュト——）

思い出——忘れ去っていたはるかな記憶の海底から、ゆっくりと、ひとつの顔があらわれてきて——

そして、イシュトヴァーンのまぶたのなかに、像をむすんだ。

精悍な不敵な笑みをたたえた若い顔、かぎりなく若い顔——浅黒い、いかにも沿海州の少年らしいつよく輝く黒い大きな瞳をもつ、印象的な顔——
（ラン）
イシュトヴァーンは、ふいに、またベッドの上に起きあがってしまった。

思い出した。

いや、どうして忘れていたのだろう、忘れることなどできたのだろう——そう思わせる顔だ。一生、二度と、忘れることなどありえないと——どのようなことがあっても、どこへいっても、つねにその思い出とともにあるのだ、とさえずっと思ってきた顔であったのに。いつしかに、あまりにも波乱から波乱へ、激動から激動への日々のなかで、あのレントの海の彼方の日々を、忘れるともなく忘れていた。

(そうじゃねえ。忘れてたわけじゃねえ。ただ……思い出すひまがなかっただけだ。なあ——そうだろう。ラン——ライゴールのランよ……)

生きていれば——

今年、自分よりも一歳上なのだから、二十九、二十九歳になるはずだ。あのチチアと、そしてドライドンの海での冒険の日々から、なんと、もう八年もの年月が流れ過ぎてしまったのか、と思う。いまのイシュトヴァーンにとってはそれはあまりにも遠い昔に思われる。

(ドライドンの海——)

夜光虫の海。

あのころ、かれらのゆくてには、つねに夜光虫の海が待っていた——

そして、それをも、またはるかうしろに置き去りにしてきたのだった。それでもまだ、彼の旅は終わらない。それとも、終わったのだろうか。この、思いもしなかったユラニアの、内陸の古い国の王となり、ついに取り上げばあの予言どおりの王座につき——だがまた同時に、思いもよらなかった血塗られた異名にいろどられながら——そして、このイシュタールの豪華な国王の寝室で、ドライドンの海を夢にみていた、ときいたら、ライゴールのランはなんというだろうか。

(何やってんだ、イシュト——お前、相変わらずなんだなあ。……なあ、何やってるんだ。そんなの、お前、本当に面白いのか？　王なんて――なってみて、気が済んだだろう？　王なんて、面白かねえだろう。それよりか、レントの海の海賊のほうがどれだけ面白いか知れないぜ！　なあ、早く、俺んとこへ戻ってこいよ。こいよ、イシュト！）

（うるせえな、この海賊め）

陽気な――

そして、輝くように若さと夢と、そして何ひとつ持ってはいなかったけれどもあふれるようないのちのかがやきにみちみちていた二十歳の夏に戻って、イシュトヴァーンはニヤリと追憶のなかの親友の顔に笑い返した。

（わかってるよ！　俺だって――何回、思ったことか。こんな……王なんてものより、俺はどうも――俺はどうも、お前らとの海賊暮らしのほうに向いてんだなってよ！）

（わかってんじゃねえか。じゃあ、早く、そのうざってえ長ものを脱ぎ捨てろ。ぞろっぺえだったらありゃしねえ。早く、身軽な、足通しひとつになって、海に飛び込んで、そうして泳ぎ着けよ。そのくらい、お前にとっちゃ屁でもねえだろう。ほら、ニギディア号だ――覚えてっか？　俺たちの最初の船――俺たちが夢中だったあのすてきな船のことをさ！）

（覚えてるとも）

イシュトヴァーンは目をとじた。

ちゃぷん、ちゃぷん——

目をとじると同時に、いまやもうはっきりと耳を圧するばかりになった波の音が、舷側にうち寄せる波の音がきこえてきた。そして、鼻はまざまざと潮のにおいをかぎ——

（ようし！　行くぞ、船を出すぞ！　船出だ、野郎ども！）

（ようそろ！）

朝日が、《ニギディア》号のへさきにあたる——

きらきらと夜光虫が砕けて波にとけてゆき、大海原に朝がくる。彼はかつて、どれほどその母なる海を愛していたことだろう。そしてもうどれほど長いこと、彼は海を見ず、潮のにおいもかいではいないことだろう。

（俺は——俺は……ラン……俺は……）

思い出という病は、まるで業病のように、あるとき突然にまだそれほど年老いてもいないものをもとらえ、その心臓にくいこみ、食い荒らしてしまうものであるとみえる。

イシュトヴァーンは、おのれが追憶という発作にとらえられてしまったのを知った。だがもう、レントの海のあとからあとから押し寄せる波同様、思い出もおしとどめることはできなかった。イシュトヴァーンは、そのまま、なかばうっとりと、追憶のなかのドライドンの大海原へと吸い込まれていった——

第一話　少　年

1

「イシュト!」

甲板にまわってきたのは、ライゴールのランだった。イシュトヴァーンよりも、一歳年上の、ややずんぐりした彼の右腕だ。

「なんだ。ラン」

イシュトヴァーンは放埒に、長々と甲板にのびて、へさきにとまっているかもめ《コッカ》を面白そうに眺めていた。長い黒いつややかな髪の毛をうしろでひとまとめにし、華やかな組みひもでしばってとめ、その組みひものふさも髪の毛と一緒に長々と下に下がっている。すらりとした長身、浅黒い沿海州らしい肌の色、漆黒の髪と闇の色の瞳——細いけれどもようやく少年の域をほのかに脱し始めようとしている、だがまだどこかに少年の華奢さのさいごの名残をとどめているしなやかなからだつきは、その胸や肩や腕についている筋肉の動きまでもまるみえだった。暑い船の上では、誰もが、短い足通しの上に剣帯かサッシュをまいているだけの裸だったからだ。ランだけは、短めの黒いベストをその上から羽織っている。

「みんなが騒いでる。……そろそろまた、ちょっとシメてくれたほうがいい。でねえと、あいつら、こんなことをしてて、本当におたからが見つかるのかってがやがや言い出すぞ。例によって最初にそれをたきつけたのはジュークだけどな」

「また、やつか」

イシュトヴァーンはゆっくりと、腕の反動など何もつかわず、しなやかな強靭な腹筋に力をいれたようにさえ見えずにひょいと起き直った。ぺっと、甲板の手すりごしに、藍色の海に唾をはく。

「やつは、しょうがねえな。何かというと騒ぎ立てやがる。女の腐ったみたいなやつだ」

「やつは、心配性なんだ」

ランはそのイシュトヴァーンをうっとりと見ながらいった。

「またその心配性を、腹のなかにしまっておけねえときてる。だもんで、思いついた心配ごとがあったらなんでもかまわず、まきちらさずにゃいられねえんだ。あいつは、長い航海にゃ、連れてくるべきじゃなかった」

「次の港にあがったとこで、きゃつ、おろしちまうか」

　イシュトヴァーンは賢げに海を見やる。

「そいつはどうかな」

　ランはイシュトヴァーンのかたわらに腰をおろした。まだ、日は高い。日をさえぎるもののない甲板は、かんかんと熱い。革ひものサンダルの足を、脚の裏側を甲板にくっつけないよう気をつけてたてて座り、ランはサッシュにつけたかくし袋から、パンをとりだして、かじりはじめた。

「また食ってんのかよ、太るぞ」

「まだ食ってなかったんだよ、ひるめしを。ずっと操舵室で、ちいせえのに、操舵のやりかたを教えてやってたからな」

「その、パンくず、少しよこせよ、ラン」

「ああ」

　ランがパンのはしをちぎってイシュトヴァーンに渡すと、イシュトヴァーンはそれをさらに小さくちぎって、まだへさきにとまって丸い目でこちらを物欲しげに見つめていたカモメ《コッカ》にむかって投げつけた。カモメはぱっと飛び立ったが、イシュトヴァーンの投げつけたパンをたくみに空中でぱくりとくちばしで受け止めた。たちまち飲み込んで、もっと欲しそうにするのへ、もう一回、二回、投げてやる。カモメはみなたくみに空中で飲み込んだ。

「うめえもんだなあ」

イシュトヴァーンは笑いながらいう。

「何回見ても、飽きねえな。俺、チチアでもよく、波止場でカモメに食い物をやって遊んでたもんだけどな」

「あいつらは、いくらエサやったって馴れねえし、頭もわりいんだ。ガーガーみたいに、頭よくねえんだぜ。……ガーガーなら、ならせば伝書鳩《クク》みたいに手紙を運んでくれたりするっていうけどよ」

「あいつらにそんな知恵があるもんか、あのカモメ《コッカ》どもに」

イシュトヴァーンは嘲笑って、パンくずのさいごのひとつをまだ未練げにへさきのまわりをうろうろしていたカモメ《コッカ》にむかって投げつけた。こんどは、カモメ《コッカ》はふいをつかれて、受け止め損ねた。パンくずは海にむかって落下してゆく。別のやつがさっと舞い降りてきて、よこあいから、それをくちばしにくわえて急上昇していった。

「ばーか。へたくそが」

イシュトヴァーンは声をたててわらった。ランはひそかな崇拝の目で——あまりひそかでもなかったかもしれないが——うっとりとイシュトヴァーンを見つめた。

かれは、イシュトヴァーンが好きだった。それはだが、べつだんランだけのことではない。この《ニギディア》号に乗り込んでいる、二十七人の少年たち、一番年長で二十四歳、一番下はまだ十三歳の少年たちはひとりのこらず、この無鉄砲で、陽気で、荒っぽくて、そして人なつこいヴァラキアの少年をルアーその人のように崇拝しているのだ。

そもそも、イシュトヴァーンに魅せられていたからこそ、かれらは、少年ばかりで船を出して海賊になる、などというとほうもない、夢物語のような冒険に飛びつく気になったのだった。たいていは、身の上を案じてくれるものもいるわけではない不良少年、浮浪児のたぐいだったが、なかには、貧しいながらもちゃんと心配してくれる親のある子も何人かいる。その親たちにとっては、イシュトヴァーンは、大事な息子をそそのかして家出させた、悪の権化のようなものだ。見つかったら、とっ捕まって、下手をしたら人さらい、人買い、として罪にとわれるだろう。だが、ここはどのような国家の法の目も届くおそれのない、はるかな海の上だ。それはまさしく、少年たちがいつもひそかに夢みている子供達だけの天国のようなものだった。

だがむろん、親たちにとっては人さらいでも、少年たちにとってはそうではない。少年たちは、イシュトヴァーンに憧れ、その悪名にあこがれ、イシュトヴァーン当人にあこがれ、そしてその語るとてつもない冒険の夢に魅せられて、この船に乗り組んで家をあとにすることを決意したのだ。最初はイフィゲニアで、それからテラニアで、それからミダスやレンティアで。いろいろな島や沿海州の港町で、突然書き置きを残して家を出ていった息子たちを案ずる親には、さぞかしイシュトヴァーンは恨まれていることだろう。だが、少年たちはイシュトヴァーンを神様のように思っている。それは俺もだが

——と、ライゴールのランは考える。

(俺たちは、イシュトといっしょにもう、これで一年近くも船に乗ってるんだ……)

イシュトヴァーンに少年たちがひきつけられ、そして家をすててまで《ニギディア》号に乗り組んできた理由はいろいろある。イシュトヴァーン自身の魅力もあるし、イシュトヴァーンがもちかけた話がとてつもなく、冒険好きの少年たちの魂をゆさぶるものだったからというのもある——イシュトヴァーンは、女の子が混ざっているともめごとのもとになる、といって、女の子はひとりも船にのることを許さなかった——だが、最大の理由のひとつは——とランは考える。最大の理由のひとつは、イシュトヴァーンのその輝くような魅力的な容姿のゆえ、それは絶対にあるのだ、と。

ヴァラキアのイシュトヴァーン——もともとはチチアのイシュトヴァーンと名乗っていたが、故郷を出てからは、ヴァラキアのイシュトヴァーンと名乗っている——は、とてもみかけのいい若者だ。しなやかな浅黒い若狼のように、美しく、精悍で、そして魅力的だ。明るく、人なつこく、だが時としてほんのちょっとだけ皮肉っぽい。たまにみせる、妙にゆがんだ、暗いかげりのある微笑のようなものも、だが、いまだ、妙にひとをひきつける陰翳の域を出ない。端正な顔というよりは、あでやかな顔といいたいよう

な、派手で人目をひきつける目鼻立ち、するどい目、ちょっと少女めいた鼻から口元にかけて、そしてしなやかでほっそりとした長身。

航海を続けているあいだにイシュトヴァーンは二十歳になった。ということは、イフィゲニアで最初にイシュトヴァーンの船に乗り組む話がまとまったときには、まだ十九歳の直前だったわけだ。ライゴールのランは、イシュトヴァーンに会ったのは、それがはじめてではなかった。その前に、チチアで、まだ十五歳で《チチアの王子》と渾名されるとんでもない不良の少年博奕打ちだったころのイシュトヴァーンとひょんなことで知り合い、ひと目でたがいに気に入り、義兄弟の契りをかわしたのが最初だ。ランが十六歳で、イシュトヴァーンが十五歳のころだった。だがそのままランは乗り組んでいた船ごとチチアをはなれ、そのあと四年のあいだ、イシュトヴァーンと会うこともなかった。

それが、イフィゲニアでイシュトヴァーンと再会したとき、ランはひどく驚いた。そんなところで、《チチアの王子》と再会しようとは、思ってもいなかったからだ。イシュトヴァーンは、故郷のヴァラキアで、いられなくなるような騒ぎをおこして、逃げてきたのだった。男色家の公弟に横恋慕され、捕まって縛られて公弟の邸に拉致されるところを、海に飛び込み、有名なオルニウス号にもぐりこんで、かろうじて助かったのだ、というイシュトヴァーンの相変わらずどこまでが法螺で、どこまでが本当だかわからない話を、ランは目をまるくして、イフィゲニアの港町の酒場できいたのだった。

「どうも、おらあ、いまに、この男色家野郎どものおかげで身をほろぼすはめになるね。……いったいなんでだかわからねえけどさ、俺、おかま野郎どもにはやたらめったら惚れられるんだ。俺のほうにゃ、やつらにけつを差し出してやろうなんて殊勝なこころがけは、これっぽっちだってねえってのにさ……いや、むろん、あまっ子だって、俺のことはほっとかないぜ。だけど、そっちはな——まあそっちは、適当に遊んでやって金になるんならさ。だけど俺は、男娼のまねごとなんか真っ平なんだ。だのに、どういうわけか、いつもそういうやつらに追っかけまわされてやばくなる……なんだ、最初にお前に会ったときも、あんたは、チチアで、女衒どもに売り飛ばされかけて逃げてきたとこだったんだ」

「ああ、あんたは、そんなんだったよな」

「それをお前が助けてくれたんだよな、ラン。あのときの恩はちゃあんと覚えてるぜ」

ひとつ年下であるにもかかわらず、そもそもの最初から、イシュトヴァーンのほうが威張った口をきいていた。それは、ふたりのあいだで、一瞬にして成立した黙契のようなものだった。イシュトヴァーンのほうが、親分で、ランがその片腕なのだ、ということがだ。それは、ランは少しもイヤではなかった。自分にも自信があったし、それなりに親分肌なところもあるという自負もあったが、イシュトヴァーンの前では、そんなものは必要ないと思った。

(だって——こいつは、本当の《王子》だし、俺は——きっと、こいつに会うために生まれてきたんだからな……)

最初にチチアで、十五歳のイシュトヴァーンに出会ったときから、ランは、ひそかにそう確信している。

「あんときゃお前が助けてくれたけど、その、男色家のイヤな公弟野郎に邸に連れ込まれそうになったときにゃ、オルニウス号のカメロン提督が助けてくれたんだ。カメロンは、俺に首ったけでさ」

イシュトヴァーンの話をきいていたら、世界じゅうのすべての男色家とすべての女がみな、イシュトヴァーンに首ったけで追っかけまわしていることになってしまうのだが、ランはそれについても、あまり気にもとめなかった。話半分としても、少なくともその半分は驚いたことに真実だったからだ。

(イシュトは違うんだ。イシュトは……ほかのやつとは全然、違う……)

それは、ランだけではなく、誰もが——イシュトヴァーンに魅せられる誰もが思うことだ。

イシュトヴァーンは《違う》。何かが、どこかが、ほかの人間とはまるで違っている。

それはむろん、その美しい魅力ある容姿のせいもあるだろうが、それだけならほかにもいくらもきれいな若者はいるだろう。それだけではなく、イシュトヴァーンと港町を歩いていると誰もが振り返るのは、イシュトヴァーンの身につけている、ある特別な、人目をひきつけずにおかない雰囲気とオーラのせいだ。かれがチチアで《王子》と呼ばれていたのはもっともだ、あたりまえだ、とランは思う。かれは、《王子》なのだから。生まれながらに、王子である人間というのもいるものなのだ——だが、イシュトヴァーンは、俺はもう王子なんかじゃねえ、というのだった。

「俺は、王子じゃねえぞ。——チチアの王子なんざ、もうまっぴらだ。俺は——俺は、王だ、王になるんだ！」

イシュトヴァーンを人々に——特に女たちや、若い男の子たちの目にそれほどまぶしく見せているのは、ひとつには、かれのこのまぶしい夢、絢爛な野望の故であったのかもしれない。

いずれにもせよ、ランは、そのイシュトヴァーンに魅せられた——そして、もともとランのほうは捨てなくてはならぬ親兄弟もおらず、とっくに船の若い水夫として自活していたから、誰にひきとめられることもなく、イシュトヴァーンと一緒にゆくことにしたのだった。

（そうだ。俺は——イシュトヴァーンと一緒にゆくことにした……）

ランは、なおもまぶしげに目をほそめながら、イシュトヴァーンを見つめ、それほど遠い昔でもない出会いの日々の回想にひたってみる。

2

じっさいには、イシュトヴァーンの魅力の最大のもののひとつである人なつこさ、というのは、奇妙なほどの人恋しさと、そして、それとはうらはらな、ときたま見せる孤独そうなかげりとのないまぜになったものにほかならなかった。

こんなに人恋しいやつは見たことがない、とライゴールのランは最初、思ったものだ。イシュトヴァーンと最初に会ったときには、ごく短い出会いであったから、そこまでかれについて知る機会もなかったが、イフィゲニアで再会して、ただちにイシュトヴァーンはランに「一緒に行こうぜ——俺の相棒になれよ。俺には相棒が必要なんだ」といったのだった。

「俺は……オルニウス号に乗って、ずっとずっと南の——うんと南の海のほうまでいったのさ。レントの海の南限のほうまでもな。だが、そこでいろんなことがあって——ほんとにいろんなことがあって……」

何があったのかは、イシュトヴァーンにしては珍しく、云おうとしなかった。口をにごして、ただ、世界には、お前が想像もつかねえようなすげえことや、おっそろしいことがほんとにあるものなんだぜ、ラン、といっただけだった。

どうして、「俺に首ったけで、俺のためならすべてを捨ててもいいといって、俺に養子になってあとつぎになってくれとしつこくすすめてしょうがな」かったはずのオルニウス号のカメロン提督とたもとをわかって、ただひとりイフィゲニアあたりにあらわれることになったのかは、それについても何か多少具合の悪いことがあるらしく、あまり多くは語らなかった。ただ、カメロンは所詮ヴァラキアの偉いさんだから、奴にくっついてたらヴァラキアに戻らなくちゃならなくなるからな、そしたら俺はまたあの男色家野郎にとっ捕まっちまう、だから、俺は、名残を惜しむカメロンを残して甲板走りの仕事を探して別の船にのったのさ、というばかりだった。ほかの点では、何によらず、自慢できるものならどんなことでも最大限に自慢するイシュトヴァーンであったから、そんな重大な事柄をそのていどで口を濁しているというのは、やはり、何かあまりひとに言えない事情があるらしいとランは踏んでいた。

「けど、俺にとっちゃ、なかなか、そいつも大変でさ。……どこへいってもどういうわけか俺はついつい騒ぎをおこすか、騒ぎにまきこまれるか、しちまうんだ。だもんで、なかなか、うかつな船にゃ乗れねえし――柄の悪い船に乗っちまったらどんな目にあうかわかったもんじゃねえし、それこそクムへでも売り飛ばされちまうかもしれねえし―

―といって、ほら、そのう、あんまりちゃんとした船はさ……身元がどうのって調べたり、身元引受人だのなんだのってうるせえだろう。だからさ……」

だから、俺は、もう、自分の船をもつことにしたんだ、とイシュトヴァーンは昂然と言い放った。

それをきいて最初はランは噴き出しそうになった。自分の船――そんなものが、わずか十九になりかけの一介の不良少年などにどうして可能なのか、何の現実感もないように思われたからだ。

「ばーか、お前、俺のことをわかってねえな」

イシュトヴァーンは、だが、得意そうに、妙に自信たっぷりに云い放った。

「俺はなあ、あの沿海州で有名な英雄カメロン提督にさえ俺の持っているすべてをやるからあとつぎになってくれとまでぞっこんホレられた男前だぜ。俺が、ほんのちょっとその気になりさえすりゃ、金を集めるんだろうが、うしろだてになってもらうんだろうが――あっという間だよ、手頃な獲物を見つけさえすりゃあな！　本当だぜ」

「そんなことをいったって……」

ランもずいぶんとおのれでは、悪いやつだとか、年齢としてはずいぶん世慣れたほうだと思っていたが、イシュトヴァーンと一緒にいると、おそろしく自分が生真面目だったり、何も知らないように思わされることがよくあった。

「ちょっと寝てやりさえすりゃあな……大人なんて、ちょろいぜ！　きゃつらは、だまされたがってんだ。だましてやらねえって法はねえよ」

「だって、イシュト、あんたは、男色家はイヤなんだろう？」

「やだよ。だけど金もってたり、船持ってたりするのはオッサンのほうだろ？　まあ、金持ちのババアってのもいないわけじゃないが――ばばあはなあ、うるせえ上にしみったれだから面倒なんだ。なんだよ、ラン、何も持ってない俺たちにとっちゃ、このからだだって、親のくれた大事なひとつだけのもとでなんだぜ。ちゃんと、そいつをうまく使ってやらなきゃ――親に申し訳ねえってもんだよ、ほかに何ひとつ残しちゃくれなかったんだからな」

「そ、それはそうだけど、でも……」

「まあいい。じゃ、お前、ひと月、待ってろよ、そのあいだに仕事決めるんじゃねえぜ。その日稼ぎをしながら、俺が船をなんとかして手にいれてくるから、それを待ってろ。俺が船を手に入れるか、船を買えるくらいの銭を集めてきたら、お前、俺が法螺をふいてたわけじゃねえってことがよくわかるだろうぜ」

　イシュトヴァーンは、驚いたことに約束を守った――そう、ランは思い出していた。

　ひと月のあいだに、小さくて古いものだとはいいながら帆船を一艘買えるだけの金をかせぐために、イシュトヴァーンがいったい、どういうあらかせぎをしたのか、どんな客をどのようにつかんで、それにみつがせたり、しぼりあげたりしたのか、それについてはランはあまり知ろうと思わなかったし、知りたくもなかった。イシュトヴァーンがかなり、その手の売色に馴れてもいれば、そういう手管にたけてもいるらしいことは、うすうすそのことばから察せられたが、ランとしては、あまりイシュトヴァーンのそういう部分は見たくなかったのだ。それに、それは、見ないでやるのが《武士の情け《ルアーの慈悲》》というものだと、ランは思ったのだった。いかに売色にたけていて、おのれを高く売り込める手練手管をもっているとはいっても、その若いきれいなからだを男女問わず売って、金にかえるためには、ずいぶんといろいろ屈辱的なことや、我慢しなくてはならないこともあるだろうと悟っていたからだ。ラン自身は売色をしようなど、生まれてこのかたただの一度も、夢にも考えたこともなかったが。それに、べつだん不細工というわけではなく、それなりにかなりの男前のほうであるはずだ、という自負はもっていたが、おのれが男娼の役割に向いているとも、そんなことをしようとも思ったことは一度もなかった。たいていの二十歳の男なら、そんなことは夢にも思わないに違いない。

沿海州ではべつだん、それほど不道徳とされていることでもないが、それほどおおっぴらに認められていることでもない。——だが、イシュトヴァーンに関しては、それもまた彼の《特別》であることを示すひとつの根拠のようにランには思われたのだが、イシュトヴァーンに関するかぎりは、よしんば彼が男娼のまねごとをして、男に身を売って金をかせいだところで、軽蔑する気には少しもなれなかった。それが自分でも少し不思議だったが、そうしてイシュトヴァーンが男に身をまかせて金をまきあげるところを想像しても、それで少しでもイシュトヴァーンが男らしさを減ずるとか、イシュトヴァーンの《男》としての魅力に傷がつく、というようには、ランにはまったく思われなかったのだ。イシュトヴァーンは、精悍で目つきのするどい、男らしい容貌をしていたが、同時に睫毛が妙に長く、口もとなどがやわらかくて、どうかしたはずみにひどく少女めいて見えることがあった。そういう印象のせいなのだろうか、それとも、イシュトヴァーンにとっては、それは少しも「身を落とす」という意識のない、それこそ当人のいうとおり当然の武器を当然のものとして使う、という気持しかない行動だからなのだろうか、とランはときたま考えてみることがあった。

もしイシュトヴァーンでさえなかったら、そうして、おのれが身を売って作った金で船を買ったり、また、かれをリーダーとあおぐ少年たちが、おのれらの首領がそうして男に身を売って金を作ったことがある、などと知ったら、それはその船の値打ちをも著しくそこなっただろうし、また部下たちにとっても、ひどくその首領への崇拝や信頼の気持をそぐものになってしまったに違いない。

（だが、イシュトだと違う……）

むしろ、イシュトヴァーンのそういう、多少両性具有めいたところが、彼のひとつの魅力になっているのであり、彼の男らしさがきわだっていればいるほど、ふとしたはずみに見せる少女めいた色気のようなものは、少年たちに、かれらをただイシュトヴァーンの喧嘩の強さやばくちのわざのたくみさ、世慣れていること、性格の強烈さ、そして指導者としてのさまざまな魅力でひきつけるだけではなく、多少、微妙な恋心のようなものを抱かせる役にたっているのだった。じっさい、イシュトヴァーンの顔かたちもからだつきも、いかにも若々しく男らしいと同時に、ほのかに少女めいてなまめいているのが、少年たちにとっては、《イシュトヴァーン》という存在をいっそう特別なもの、と見せる魅力のひとつにもなっていたのである。といって、イシュトヴァーンが、少年たちを律するのに、おのれのそういうところを意識して使っていた、などということは少なくともこのころには、まだまったくなかったのだが。

(ああいうきれいなやつっていうのは、なんとなく、ほかの男とまるきり違う感じがするものなんだな……)

素朴なランはことばにすれば、そんなふうに考えるばかりだったが、もしもイシュトヴァーンがもっと違う外見だったら、こんなふうについてくることはなかっただろう、ということは、はっきりと認めてはいた。その意味では、ランにとっても、イシュトヴァーンの外見の美しさ、魅力というのは、ランの人生を変えるのにおおいに役だっていたということになる。また、イシュトヴァーンがどんな残酷なことをしても、非道な仕打ちをしても、その外見のおかげでその印象がやわらげられる、ということは、ランは、とっくに気が付いていて、ずいぶんとこういうやつは人生にトクをしているものなのだな、とひそかに思うのだった。同じ行動を自分がとったらずいぶんと反感をかったに違いない、というようなことでも、イシュトヴァーンが云ったり、したりすると、驕慢な美少女のように、かえって魅力的にみえたりすることがある。それもランにとっては興味のつきせぬ点だった。なんにせよ、イシュトを見てると、飽きねえよなあ、というのが、ランの結論でもある。

イシュトヴァーンは、文字どおりおのれのからだとそれから博奕の腕をつかって相当なあらかせぎをしたらしく、ひと月たってランの前にまたすがたをあらわしたときには、あからさまに意気揚々としていたかわりに、ずいぶんと、げっそりとやつれはてていた。いかに若いイシュトヴァーンといえど、頬もこけ、目の下に紫色の隈を作ってしまうほどの大活躍であったらしい。だが、じゃらじゃらと、ランの寝ぐらでランの簡易ベッドの上に、革の袋のなかみを大事そうに、それでいて乱暴にぶちまけてみせたとき、イシュトヴァーンは、ずいぶんとだるそうにもしていれば、しんどそうにもしていたが、おおっぴらに、勝利の凱歌をかなでているも同然だった。

「見ろよ、ラン！　これ、俺が一人で稼いだんだぜ！」

茫然としているランの前で、イシュトヴァーンは、ほっそりと指の長いきれいな両手で、じゃらじゃらと金貨と銀貨、それに多少の宝石類まで入りまじったそのおたからを、嬉しそうにすくいあげては、じゃらじゃらと落としてみせたのだった。

「す、すげえ。イシュト、すげえよ」

「ああ、俺はすげえっていっただろう。俺は嘘つかねえってな。見ろよ、これで、だいたい、五百ランはあるぜ！　俺は船宿でいろいろ情報仕入れて、五百ランあれば、中古のごく小さい船ならなんとかなるかもしれねえってきいたんだ。これでまだだめなら、もうひと月かけてもう同じくらい作るっきゃねえな、だいぶ、からだにはこたえたけどな！」

「イシュト、あんた、だいぶん痩せたよ」

心配しながらランはいった。

「すごい、無理したんじゃないのか。大丈夫なのかい」

「つまらねえ心配するな。大丈夫に決まってるだろう。——それになあ、俺は、もともと、いろいろ野望があったからさ。チチアでもこんくらい、ためこんでたんだぜ。いや、もっとあったかもしれねえ……そいつはなあ、チチアを出るちょっと前にさ、ヨナっていうミロク教徒のちびにくれてやっちまったのさ、ちょっと事情があってな！　なあ、俺って、気前いいよな。ケチじゃあねえだろう。普通できねえよな。そりゃ、ちょっと、惜しいなと思わないでもなかったが、変な話、あのころはまだ十五、六のがきでさあ。

それだけ溜めるのに、ずいぶん時間かかったが、今度は、ばくちの荒わざと売りの二本立て興行で、ひと月でこんだけ溜められるんだものな。——まあな、がきのころにゃ、おのれを高く売りつける手練手管もまだ、そこまではねえからなあ。それに、たぶんいまのほうがやっぱり高く売れるんだ。だがあのころにしたって俺は自分と同じ重さの金塊くらいの値打ちはあったはずだ。考えてみるとずいぶん、安売りして、損しちまったよ」

十九歳の少年は昂然といった。

「ようするに、年は、くったほうがトクだってことだな。まあ、なんにせよ、これで、あしたっから、船宿で話を探して、ボロでもなんでもいい、俺が直すからな……船がねえかどうか、聞き込みをはじめるんだ。手伝えよ、ラン、手伝えよ。でもって、それから、人集めだ。船を動かすにゃ、人手がいる。俺はそこまで船に詳しいわけじゃねえ——お前のほうが船には詳しい。そうだな、三本マストの、百ドルドンくらいの船を動かすには、全部で何人くらいいるものなんだ？　経験のあるやつはどのくらいいればいい？　かじとりに、水夫に、いざとなったらこぎ手も入り用か？　どうなんだ？」

そうやって——

自分はどんどん、引きずり込まれるようにして、イシュトヴァーンの相棒として深入りしていったのだ、とランは懐かしく一年前を思い出していた。

それもまた、どこかにどのようなからくりがあったのか知れないが、イシュトヴァーンは、それからしばらく、イフィゲニアの島の船宿という船宿をさんざんうろついたあげく、半月ほどして、首尾よく条件どおりの船を、三本マストの瀟洒な船を見つけてきたのだった。かなり古いことは古いらしいが、まだ充分に使える。そのあいだにまた、イシュトヴァーンとランは夜になるとあちこちの船宿や不良少年のたまり場になっている居酒屋とかをたずね歩いて、一緒に船に乗り込もうというやつを探した。イシュトヴァーンの考えは、「俺たちより、あんまり大人のやつはいらねえ」というのだった。

「けど、イシュト、それはわかるけど、大人でないと、かじとりだの、船の差配はできないよ、きっと」

「かじとりはしょうがねえ。かなりの経験の必要な仕事だからな。ひとりは、しょうがねえな。だが、あとは、大人は俺の船にゃ、乗せねえぞ。いっても、せいぜい二十いくつどまりだ。かじとりだって、二十五、六ならなんとか見つかるだろう。三十すぎの奴はもう、俺の船にゃいらねえ、きゃつらはもう手垢がついて、すっかり頭んなかも汚れちまってるからな。そういう連中は、何を考え、何をしでかすかわかったもんじゃねえ。俺はやなんだ、そういう汚い大人どもの汚らしい考えで俺の船が汚されてしまうのがな。きゃつらはもう、俺の夢だって理解しねえ、ただてめえの欲のために、賛成するばかりだ。……俺が、どうしてこんなに船、船って騒いでるか、お前に、云ったことがあったか、ラン」

「いや……自分の船が欲しい、それが俺の夢だって……」

それは、沿海州のちょっと野心ある少年ならば誰でも夢見るようなことだ。だから、イシュトヴァーンのような覇気のある若者がそういう夢をもったところで、何の不思議があろう。

そう思うので、それ以上のことは、ランは何もふしぎにも思わないでいたのだ。

だが、イシュトヴァーンの次のことばは、ランをびっくりさせた。

「俺はなあ、船が欲しいなんてのは、ほんとにただの——こいつはただの第一歩なんだ。俺の野望はなあ、そんなケチなもんじゃねえ！」

「ケチなって、船をもつのがか。じゃ、じゃあ、船を持って、自分の船をもって、それからどうするつもりなんだい、イシュト」

「そいつを、これまで、口に出したのは、お前がはじめてなんだってことを、忘れないでくれ、ライゴールのラン」

イシュトヴァーンはもったいぶって、ランの手をつかんでじっとランをのぞきこみ、ランをちょっとどぎまぎさせた。

「真実をつかさどる聖なる女神ゼアにかけて、俺はいまはじめてお前に俺の本当の胸のうちを明かす——俺はな、ラン」

笑われはせぬか、と不安になったように、イシュトヴァーンは珍しいくらい真面目なおももちになって、ランを近々とのぞきこんだ。

「俺は——俺は、クルドの財宝を探すんだ！」

「クルドの財宝——？」

最初、何のことかよくわからず、ややぽかんとしていたランは、それから、目をまるくした。笑うなどとは考えもつかなかった。

「ク、クルドの財宝って、あの——あの伝説の《皆殺し》クルド、《血まみれクルド》の、呪われた財宝のことかい。そ、そんな」

「驚いたか」

イシュトヴァーンは、非常な秘密をあかすように、ランの首をかかえよせて、ちかぢかとその耳に口をあてた。

「誰かがきいてるといけねえ。お前の部屋の壁はうすいからな。——俺は、きいたんだ。海賊クルドの呪われた財宝は、ナントの島にある——少なくとも、ナントの島にその手がかりがあるんだって！　俺を買ったばかな欲張りの貴族が、寝物語に教えてくれたのさ。俺がクルドの話をそれとなく持ち出して、水をむけてたらな」

「ナントの島——？」

ふしぎそうにランは首をひねった。

「俺も沿海州の生まれで――ずいぶんと長いこと、島から島の暮らしをしてるけど、そんな島、どこにあるんだか、きいたこともないぞ、イシュト。そんな島、どこにあるんだい」

「だから、そいつを、これから探すんじゃないか」

「これから？」

ランはちょっと笑おうとした。だが、イシュトヴァーンのようすのなかにある何かおそろしく真剣なつきつめたものが、いま笑ってはいけない、そうするとイシュトヴァーンはせっかく開いた心をまた彼にたいしてとざしてしまうだろう、と教えた。ランも充分に鋭敏で敏感な少年であったのだ。

「心配するな、そのナントの島をさがす方策だって、ちゃんとついてる。――大丈夫だって、島は絶対に見つかる。沿海州の、テラニア群島のある海域はそんなに広かあない。しらみつぶしに探してまわったって、一年くらいもすりゃ、どこからどこまで探したことになると思うぜ。だから、そうすりゃ、ナントの島は必ず見つかるし、ナントの島が見つかれば――俺は、ちょっと、クルドの財宝について詳しく知ってるという老いぼれ船乗りのことも聞き込んだんだ。まずはそいつを探せばいい。そいつがいろんなことをみんな、教えてくれるだろうぜ」

それはまた、ずいぶんと雲をつかむような、あてにならない話だとひそかにランは思ったが、それも口には出さなかった。イシュトヴァーンはランの手をつかんで、ぎゅっと握りしめた。

「なあ、ラン。お前とは、義兄弟のくちづけはかわしたけど、あれはまだ俺もお前もちいせえ時だった。何にもいろんなものごとの意味もわかっちゃいなかったときだ。——だが、いまはもう俺たちはあのころにくらべたら、はるかに大人になってる、なんでももう自分でできる。もうあのころみたいに、あんなげすな女衒どもなんかにしてやられやしねえ。——俺はずっとずっとこのときを待っていたんだ。いいように、ひとのことを買おうとし、なぶりものにし、売り飛ばしたりおもちゃにしようとする大人どもに、いうことをきくふりをしながら、いまに俺が本当の王なんだって教えてやる機会をうかがって、ずっと我慢していろんなことを勉強して、強くなって、そうしてなんでも出来るようになるために待ってたんだ。——そうして俺はいま海に出る。これまでだって出ていたさ。だけどそんなのは話にならねえ、これから先こそ、俺は自分の、自分だけの船で海に出てゆく。俺はレントの海を俺のものにする」

「イシュト——」

「だが、そのためには、俺には右腕がいる。——もっともっと、たくさんの手下《てか》もいるし、もっともっとたくさんの——どんな人脈でも必要だし、金もいるし、船も欲しいし、腕のたつやつも——俺はまだ何にも持ってねえ、俺はこれからすごぅくいろんなものを手に入れなくちゃならないんだ。そして、俺は——まだ、まだ買われる側だ。もしも俺が本当の力を手にいれ、本当の金や武力を手にしたらもう二度と俺は誰にも金で俺を思い通りになんかさせねえ、させるものか。だが、いまは……俺にはもとでは何ひとつない、このいのちと、このからだ、それにこの頭、この魂、それだけでな」

「……」

「なあ、ラン。大人どもはいらねえ。やつらはみんな見返りがほしくてかまってくれたり、買ってくれるだけのこった。きゃつらなんか、なにの最中にだって、俺は一人として、一回だって信用したこともねえ、心を許したこともねえ。……大人は大嫌いだ。俺を拾って育ててくれた博奕打ちのコルドじじいのほかの大人は、みんな、ただ俺を食い物にしようとしてるだけのやつらだ。なあ、ラン、お前なら俺は信じられる。俺と一緒にきてくれ。俺のいってることがわかるか」

「わかるけど、でも、俺、もう何回もいってるじゃないか」

ランは目をまるくしながらいった。

「俺はイシュトと一緒にゆくし、ずっといっしょにいるよ、って。それじゃ、足りないのかい」

「ああ、足りないんだ」

イシュトヴァーンの頬がさっと紅潮した。それを、ランはひどくまぶしいものに見ていた。

「それだけじゃ——全然足りねえ。俺がこれから乗り出してくのは、長い困難な、そうして何がおこるかわからねえ航海だ。そうして、いいか、ラン、クルドの財宝が万一見つかりでもしたら、いちやく俺たちは大金持ちだぞ。この世で一番の大金持ちになっちまうんだ。十九の若さでだ」

もう、イシュトは、クルドの財宝が見つかると決まったようなことをいっている——ランはほほえましく考えた。だが、イシュトヴァーンは、おのれが笑われるようなことをいっている、とさえ、想像もつかぬようだった。彼は大まじめだった。

3

「なあ、ラン。——どこかの島でさ。俺たちがクルドの財宝を見つけたとするよ。そうしたら、どうなると思う。——もしも大人でも、乗ってた日にゃあ——大人どもに、かぎつけられでもした日には。どんなことがおこると思う」

「そりゃ……みんな、きっと……それぞれに分け前をよこせというだろうな……」

「そうとも。だが分け前だけですませるやつらかよ。きゃつらは、俺たちを皆殺しにして、全部おのれのもんにしようとしやがるぜ。大人は汚えからな。きゃつらはおのれの欲にこりかたまってる。きゃつらはまず、俺たちを殺し、それからおのれらで殺し合いをはじめるに決まってるんだ。貪欲の神バスのきたならしい腹にかけて、きゃつらなんて、そのほかに——欲をかくほかに何ひとつ考えていやしねえんだ！」

イシュトヴァーンの口振りは、まるで吐き気をでも催しているようだった。

いったい、どうして——何があって、まだたった十九歳のイシュトヴァーンが、ここまでそんな深刻な人間不信、大人への憎悪と不信にこりかたまることになってしまったのだろう――そう、ランはひそかに考えた。だが、イシュトヴァーンがぽつぽつと話してくれた、かれの生い立ちをきけば、無理もないのかもしれぬ、とは想像もつかないわけではなかったが。イシュトヴァーンにはこれまでの一生に、彼を、そういう私利私欲ぬきで守ってくれたものはたぶん一人もいなかったのだ。生まれおちたごくごく幼いころからだ。

「でも、イシュト。そんな大人ばかりじゃないかも……」

おずおずと言いかけたランのことばは、激しくイシュトヴァーンの声にさえぎられた。

「何をいってる、ラン。お前は知らないんだ。どんな大人だって、大人であるかぎり、腹んなかなんざあ、黒くって、汚らしい海ネズミのはらわたみてえなもので一杯なんだぜ。どろどろしてて、悪臭ふんぷんで、見るにもたえねえくらいな――俺は知ってんだ。金で買った相手には、大人どもはそいつらの一番恥ずかしいそのはらわたをはずかしげもなくさらけだす――そうしても、ちっともかまわねえと思ってんだ。きゃつらは、金で買った奴隷は人間じゃねえと思ってんだからな」

「だから、そんな、金で……」

だから、イシュトヴァーンには、売春などしてほしくないのだ、とランは思ったが、イシュトヴァーンの激しい目の色をみていると、そう口にすることはできなかった。イシュトヴァーンの巨大な野望――そしてそれを実現することの性急さの前に、かれが、ほかにどのような金を手にいれる手段をも持っておらぬことは、ランにもわかっていたからだ。

「だからさ」

イシュトヴァーンはランのことばを激しくさえぎるようにいう。

「だから、俺は大人どもは一人として信用しねえ。——けどな、大半のガキどもも、ようするに大人の予備軍だ、あとものの五年十年もたちゃ、ただのそういう小汚え大人になるだけのやつらさ。——だがお前は違う。お前は信用できる。ラン」

「どうして、俺のことは、信用できると思ってくれたんだ？」

ちょっと不安になって、ランはいった。

「俺は、まだあんたと知り合ってからそれほどたってるわけじゃないし——だから、まだ、あんただってそんなによく俺のことを知ってるわけじゃ……」

「だから、これはちょっとした賭でもあるさ。ルアーの一点賭けだ」

イシュトヴァーンはおのれでその力をよく知っている、太陽のようなあけっぴろげで強烈な光をはなつ笑顔をみせた。一点の皮肉さの影も入り込んでいない、まぶしいほどの笑顔である。

「だが俺だって誰かを信じなくちゃあ生きてゆけねえ。だから、さあ、誰にする、となったときに——俺が、お前を選んだってわけだ。そうだ、お前じゃねえ。俺が、このチチアのイシュトヴァーンが、ライゴールのランを選んだんだ！　どうだ。どうする、俺の賭けは、負けか。それとも」

「あんたは、ずるいなあ、イシュト」

ランは苦笑した。

「そんなことを云われたら、負けだよ、なんて言えるわけがないじゃないか。俺には、最初っから、選ぶ権利なんかないんだな」

「いいじゃねえか」

イシュトヴァーンはずるそうに笑った。

「だって、俺ほどのやつにこんなに見込まれて、惚れられて、お前、何か不足があるかよ？　一生かかったって、俺みたいなやつにそうそうめぐりあえるもんじゃないぜ！」

「それは——ああ、それは本当にそうかもしれないけどなあ。それは認めるよ」

「お前、俺のこと、好きだろ？」

「ああ、好きだよ」

「俺についてこいよ。俺にすべてを預けてくれ。そしたら、もっともっと俺のことを好きにさせてやる。——俺についてきて、本当によかったと思わせてやる。俺よりほか、おのれの剣の主はいなかったんだと、一年後に、五年後に、十年後に、何回でもお前が思えるようにしてやるよ。俺を裏切るな。俺もお前を裏切らねえ」

「おお、イシュト」

ランは困惑したように、はにかんだように笑った。

「あんたは、ひとをすなどる悪魔の漁師みたいだよ」

「そして、そしたらお前はその漁師サタヌスにすなどられたでっけえ魚のライタンさ。いいじゃねえか、俺たちはまだ若い。この若さで、一生の相棒を見つけることのできる幸運なやつなんて、そういるもんじゃあねえぞ」

「それは、そうかもしれないし、最初から——あのチチアで会ったときから、俺は、たぶんこいつが俺にとってはさいごのやつなんだろうと決めていたよ」

ランはおのれのことばにちょっと頰を紅潮させながらいった。本当の青春の中にあるときにだけ可能なような、性急で、そしていちずな言葉。——だが、イシュトヴァーンは、ちょっと目をうるませてそのランを見つめた。

「ほんとか。ほんとに、最初っから、そう思ってくれてたのか。ラン」

「ああ。どうしてかわからない。だからこそ、きっとこれは運命なんだろうと俺はいつもそう思っていたよ。だから、あんたは俺を信じていいし、俺はあんたを裏切らないよ。誓いが必要なら俺はそうするよ——あのとき、チチアで、確か俺たち、兄弟の誓いをしたよな」

「ああ。こうやって」

イシュトヴァーンはちょっとたじろぐランの首根っこをつかまえると、その口にまともにキスした。ランは真っ赤になった。

「なんだ、変なやつ——何を赤くなってんだ。これは兄弟の誓いだぞ」

イシュトヴァーンはからかうようにいう。

「そうだろう。そうじゃねえのか」

「それはそうだけど……でも……」

十六歳のときにはなんとも思わなかったのに、なぜ、二十歳になってみると恥ずかしく思われたりするのだろう——ランはひそかに考える。イシュトヴァーンは、サンダルのひもにいつもさしこんでいる刀子をとって、さやをぬいた。

「どうするつもりだい、イシュト」

「俺と、血の誓いをしてくれる勇気はあるか。ライゴールのラン」

「あるよ」

ランは驚きながらいった。

「だけど、そこまでする必要があるのかい。俺はあんたを裏切らないと約束したし、それに——」

あんたは、俺を信じるといったはずなのに。

だが、イシュトヴァーンのようすをみて、ランは口をつぐんだ。イシュトヴァーンには、どうしてもこのような手続きが必要だったのだ——誓いが必要なのは、イシュトヴァーンにとってだけなのだ、とランは悟ったのだ。

(あのとき——会ってすぐに、兄弟の誓いをしたのも……あんたからだったし……)

(あんたは……本当はきっと、信じたいけれど、信じることができなくて……これまでに、信じたものなんかなにひとつなくて、それできっと……こんなに——)

親もなく、家もない子供の暮らしとは、どういうものなのか、貧しくとも普通の漁師の家に生まれ育って、そしておのれで動けるようになるなり、兄や父と一緒に船に乗り組んできたランにはわからない。それはきっと、想像を絶して孤独なものなのだろう、ということだけが察せられる。

イシュトヴァーンは、刀子でおのれの小指のさきを突いて血の玉がふくれあがってくるのをじっと見つめていた。

「さあ、お前もしろよ、ラン」

「わかったよ」

ランは刀子をうけとって、同じように小指の先を突いた。ちくりとするいたみ——だが、ひるんだらイシュトヴァーンの見つめている黒い瞳のなかに軽蔑の翳りがやどりそうな気がして、痛そうな顔ひとつみせなかった。

「さあ、俺の血を吸ってくれ。ラン」

イシュトヴァーンはその手をさしのべた。ランの手をとり、その小指に唇をあてる。ランも同じようにした。しょっぱくて、なまぐさい血の味が口のなかにひろがった。イシュトヴァーンはランの指の傷の上に自分のまだ血の玉がふくれあがっている指さきをおしあて、《血をまぜあわせる》血の誓いのおさだまりのしぐさをした。それから、服の端を刀子で細くさいて一本をランにくれ、もう一本で自分の指を、左手と口とで器用に指先を縛った。

「これで、血の誓いもかわした。――俺たちは、もう、本当の義兄弟だぜ、ラン。すべてをわかちあい、すべての運命をともにする――決して裏切らない。決して捨ててゆかない」

「俺はいつまでも一緒にいるよ、イシュト」

「俺もだ」

イシュトヴァーンはじっとランを見つめた。

「俺には家族がねえ。……母親もない、父親なんか最初からわかってもいねえ。生まれてこのかた俺は家族と呼べるものを持ったことがねえ、あのコルドのおやじのほかにはだ。――俺はお前だけは信じるよ、ラン、それでいいんだろう」

「いいよ」

ふいに何かつきあげるような、悲しみに似たものを覚えて、むしろそっけなくランは

云った。

(イシュトは……そうだ。俺は裏切らない。俺は自分で、自分が裏切らないことを知っている。——裏切るとしたら、それはきっとイシュトのほうだろう。もしも万一裏切るとしたら、それは絶対に……イシュトのほうだ。そうして……イシュトに裏切られたら……俺の胸はきっと張り裂けて、そのあと……そのいたみがいえたとしても、もうきっと俺は二度と同じように誓いをかわす相手なんか、作る気にはなれないだろう……)

それは奇妙な、ある種の予感であったのかもしれなかった。

(ひとを信じることを教わってこなかったこいつに……ひとを信じることができるのだろうか——俺だけは信じていいのだと、信じ切ることが、イシュトにはできるのだろうか……)

そのような、うまくことばに言いあらわせぬ悲哀に似たもの。

それを強くふりはらうように、ランはイシュトヴァーンを見つめた。

「一緒にいるよ。俺は何があっても——たとえどんなことがあっても、俺のことは信じてくれていいよ。俺はいつだって、あんたのためになら死ねるから」

それももう、何ヶ月も前のことだ——また、ランは思いだしている。

そうして、そのあとずっとかれらは海を旅してきた——そのあいだにもいろいろなことがありはしたが、ある意味では、さしたる大事件には遭遇しなかった、といえる。あいにくと、求めるナントの島の手掛りにも、むろんクルドの財宝の手掛りにも、めぐりあえなかったことも含めてだ。

というよりも、そんなに簡単にそんなものに遭遇できるものか、とひそかに実は、イシュトヴァーンよりはかなりの現実主義者であるランは考えていた。

これは、イシュトヴァーンにいったらまた、夢がないだの、汚れた大人みたいなことをいうだの、またむしろ、「俺を気落ちさせんなよ、いまの俺たちに必要なのは、俺ががっくりしねえこと、意気沮喪しねえこと、ただそれだけなんだぞ！」と怒鳴られかねないから、ランは絶対に口にしようとは思わない。だが、じっさいには、

（そんなに簡単にクルドの財宝が手に入るんだったら……もうこの何百年ものあいだ、あんなにたくさんの海賊ども、大人たち、宝探しの冒険者たちがあんなに苦労してる理由がないじゃないか……）

そう、ランは思っている。

それは、イシュトヴァーンを信じない、ということとは、ランの考えのなかでは明確に違うのだが、イシュトヴァーンがそれについてどう思うかはだいたいわかっていたから、ランはそのことをイシュトヴァーンにわからせようという気持もなかった。それに、ランにとってはこうして、イシュトヴァーンとともにレントの海を、ニギディア号で旅

して歩いているだけでも、充分に楽しく刺激的だったのだ。

(そうだ……イシュトと一緒にいるだけで、俺にとっちゃ、毎日はもう冒険なんだ……)

つい先日はマグノリアの花の咲くダリアの島に立ち寄って、そこでもそれなりの冒険をした。冒険、とはいえないかもしれないが、みんなそれぞれに女を作り、恋を語り、マグノリア祭に浮かれて、楽しくやったのだ。それは、自分の国でかたぎに働いている日々だったら絶対に手にいれることのできないような派手やかで華やかな、狂おしい日日で、それだけでもランにとっては、イシュトヴァーンについてきた意味は充分にあるような気がしてならなかったのだった。

(それに……クルドの財宝なんて、伝説だよ、イシュト……イシュトには悪いけど、俺はやっぱりそう思うよ。……それに、あんなに、大勢の人を殺して、その身ぐるみはいでためこんだという血まみれの財宝だ。不吉だよ……もし万一、本当に手に入ったとしたって、それで本当に俺たちが幸せになれるのかどうか、こんどはその宝を守るためにまた、血まみれになって戦わなくちゃならないのは俺たちのほうじゃないのかな……)

俺はもともとそれほど、分別くさいほうじゃなかったんだけどな、とランは考える。むしろ、子供のころには、無鉄砲でやんちゃだと両親に嘆かれた乱暴者のほうだったはずだ。だが、イシュトヴァーンのそばにいると、否応なしに分別くさくなってしまう。

イシュトヴァーンがあまりにも無手勝流なので、反射的に、まわりにいるものたちは理性のかたまりにされてしまうようなところがある。

（不吉な宝だ……それに俺たちにはどっちにしても、手にはいりっこなんてないんだから……）

だが、俺はイシュトとこうして海から海へ、島から島へ渡り歩いているのが楽しいし、だから、イシュトが宝を見つけて血まみれのむごたらしい争いの惨劇にまきこまれるのも、また宝が見つからなくて失望するのも、どちらもいやだ――ランはそう思った。

「なあ、ラン」

その、ランの沈黙をどう思ったのか。

ふいに、イシュトヴァーンがこれまでとは違った声音でいう。いくぶん沈んだ、いつにもない声音だった。

「俺のしてること……お前、ばかばかしいと思うか？」

「え」

ランは虚を突かれた。

「何いってんだよ、イシュト」

「お前、俺がいつだって無鉄砲で――いつも元気よくて、めげないと思ってやがるんだろ。お前たちはさ……だけど、そうでもないんだぜ。俺だってそれなり、めげることもありゃあ、がっくりくることもありゃあ——内心、すごくおびえたり不安になったりすることだってあるんだ」

「何をいってんだよ。本当に」

ランは不安になった。身をおこして、イシュトヴァーンを見つめる。イシュトヴァーンは、カモメ《コツカ》も飛び去った、きらきら輝くレントの海原を見つめている。その秀麗な横顔が、海面の照り返しにきらきらとふちどられている。

「俺——ほんとに、ナントの島につけなかったら、きゃつらにどうしてやったらいいのかな、いつまで、やつらをつないどけるかなって、ときたま考えて、夜も寝られなくなったりすることあんだぜ。こうみえても」

「駄目だよ、イシュト」

ランはあわてて周りを見回した。

「ジュークなんか、そんなのきいたら、鬼の首でもとったみたいに騒ぎ立てて、やっぱりイシュトだって自信がないんだ、本当は財宝の手掛りなんてありゃしねえんだって騒いでみんなをもっともっと動揺させると思うぜ。——こないだ、ダリアの島で、けっこう、オリたやつがいただろう。五人、オリたんだっけな。あるていど船にのってると、陸にあがったときが、危ないんだよな。やっぱり陸はなんて安全なんだろう——それに、なんて、確かなんだろうって思っちまうからな。そうすると、あんたの野望が夢みたいに思われて……」

「夢だもん」

唇をとがらせて、イシュトヴァーンはいう。

「だって、ただの夢だもん。そうに決まってるじゃないか。そうでないわけがねえだろ。そんくらい、きゃつらにだってわかってるはずだよ。だけど、夢だから、面白えんじゃねえか。夢だから、実現しようとして追っかけるんじゃねえか。……そこんとこが、きゃつらにゃ、わからねえのかな。ときたま、イヤんなるよ。馬鹿野郎、一番心配で、一番不安で、一番どきどきしてんのはこの俺なんだぞ――俺に元気つけてもらおうなんて思わねえで、俺に元気つけて、俺を励まして、さあ先に進みましょう、イシュト、っていってくれるような、男気のあるやつはいねえのかってな。やつらは、俺が不安にかられたり、心配になったりするなんてこたあ、ちっとも考えてみたこともねえみてえだよな。いつだって、俺から元気をもらおう、なんでも指図してもらおうと、そればっかり考えてやがるみたいで……そうだよ、いつだって、俺から、くれ、くれ、くれ、ああしてくれ、こうしてくれ、指図してくれ、守ってくれ、教えてくれ、これからどうするんだ、どうしたらいいんだ、ってなんでもかんでも聞きやがるばっかりで……」

そうもらすイシュトヴァーンのまだあまりにも若々しい――というよりも、幼い、といったほうがよかったかもしれない――悲憤慷慨を、ランは、なんとなくいたましげに見つめていた。

それから、ちょっとはにかんでいう。

「そんなことでよけりゃ、いつだって俺が云ってやるよ、イシュト。それでもしイシュトが元気になるんだったら、いつだって、俺が――『さあ、元気を出して。絶対にあんたは間違ってやしないよ。さあ、先に進もうよ、イシュト』って、いってあげるよ」

「おお。それでこそ、俺の兄弟分てもんだ」

現金に、イシュトヴァーンがにっと笑う。

「ときたま、そういってやってくれ。俺には、いま一番、そいつが必要なんだ。こうやって、来る日も来る日も、なーんにもない大海原を見て暮らしてるとなあ。やることもねえし、船の上じゃからだを鍛えるにも、からだを動かすにも思うにまかせねえし、みんなはだんだんいらついてくるし――退屈もしてくるし。このさきどうなるんだろう、俺のやってることとって、すごくばかばかしかったり、すごく間違ってたり、すごくヤバかったりするのか？　って考え出すとさ――夜もなかなか寝付けなくなっちまう」

「そういうときにゃ、いつだって俺にいってくれりゃ、俺はいつでもあんたの一番いいようにするよ。イシュト」

「ああ」

イシュトヴァーンはまた目をきらきら光る大海原に遊ばせた。

「そういってくれるとほっとするよ。それに、俺は信じてるんだ。たとえ、どれだけ、来る日も来る日も何もない大海原を――おいッ！」

ふいに、イシュトヴァーンの声の調子が変わった。

それと、マストのてっぺんにのぼっていた、見張り役の少年の声が降ってきたのと、ほとんど同時だった。

「おおーい！　島だぞう、島が見えるぞう！」

「島だ！」

いきなり、イシュトヴァーンの顔が輝いた。

「すげえ、ラン、島だ！」

「島くらいあるよ、そりゃ」

ランはあくまでも現実的な答えをした。

「海図では、そろそろまた、ダリアの南の、アルバナ群島の海域に入るはずだと思ってたもの。……こないだうちから、風が弱いから、あまり進んでないから、もっとかかるかと思ってたけど、意外と早かったかも。……アルバナ群島なら、一番はしっこの島はわりと大きかったと思うし、ちょうど水も積み込めるし……ダリアで許可証も貰ってあるし、ちょうどいいよね。みんなもかなりいろいろ不安になったり、疲れたりしていたころだ。十日くらい、滞在してやったらいい」

「アルバナ群島か……」

なんとなく、奇妙な言い方でイシュトヴァーンがいう。ランは眉をよせてイシュトヴァーンをみた。

「どうしたんだ？」

「そうでない可能性もあるな、と思っただけさ」

「アルバナ群島でない可能性？　そんなことないだろう。海図では……」

「あの海図は古いし、あまりあてになりゃしねえよ」

イシュトヴァーンはこみあげる何か奇妙なおののきのようなものをこらえるようにいう。そして、すっくと甲板に立ち上がり、前のほうをにらんだ。

「見てみろよ。けっこう、いくつも島があるぜ」

「だから、アルバナ群島だろう」

「たぶんな。だが、ナントの島が、アルバナ群島のなかにあるかもしれねえ、っていう可能性だってあるんだろう」

「それはどうかなあ、もしも、そんなよく知られた島なら、海図に名前が入っていて、場所だって……」

「海図を作ったのは、大昔の船乗りなんだからよ」

そっけなくイシュトヴァーンはいう。そして、いきなり、マストの上にむかって怒鳴った。

「おおーい。見張り番、島が見えるか。どんな感じだ」

「わりとでかいです。港があります。船がたくさんもやってます」

マストの上から答えがかえってくる。

「ばかが、島がありゃあ、港があって船がもやってるに決まってるだろうが」

イシュトヴァーンはやや獰猛に——だがようやくかなり元気を取り戻したふうに笑った。

「まあいい。今夜は固い陸地の上でやすめるぞ。いや、検査があったら、入港は明日になるかな。なんにせよ、しばらくはゆっくりできるな。俺は——俺はちょっと、また、仕事だ。な、ラン」

4

《仕事》――

イシュトヴァーンの《仕事》とは、結局のところどのようなものなのか、ランはすでに知っていた。

見えてきたのはやはりアルバナ群島のなかで最も大きく人口も多い、南ライジア島だった。北ライジア島と細い岬でつづくようなつづかないような、満潮のときには続かなくなってしまうようなふしぎな格好でつながっている島で、ダリアの島よりはだいぶん南にあるので、住民たちはほとんど裸同然の格好をして、おおむね自給自足で暮らしている、比較的平和な島であるらしい――というのが、イシュトヴァーンとランがうろおぼえの知識で導き出したこの島の概略だ。それほど著名な島でもないし、めったには南レントのもろもろの政治や外交にも登場することもないような、かなりもうへんぴな島だ。

それでもこのあたりは、まだ沿海州の最南限に該当するので、かろうじて中原の文化や沿海州の文化なども伝わってはきている。船の交流もある。これを越してさらに南にいったらもう、あとははるかに南下してランダーギアやレムリアなど謎にみちた南方諸国の領地に入るまでは、このさきで一番大きな列島であるゴア列島のほかには、どんな島があるかだって、海図にも記載されていない、謎めいた海域に入ってしまう。そこから先には何があるのか、まだ明確にすべてが解明された、とはとてもいえないのだ。

世界は、まだ、かれら自身が若く、幼いとさえいっていいのと同じように、まだ若く、そして謎にみちていた。まだ、世界のすべてが解明されたわけではなく、それは、世界に神秘と、そして可能性と未知の夢とを付け加えていた。だからこそ、イシュトヴァーンたちのような少年たちが、夢をみることも、おのれがいずれは王になりうるのだと信じることもできたのだ。すでに中原では、そうした可能性はずいぶんと少なくなってきている。すべては秩序がととのえられ、がっちりと枠組がかたまり、さだまったようにものごとは進みはじめている——だが、このはるかな南の洋上では、まだそうではない。

ニギディア号の少年たちは、長びいたこんどの航海にすっかり疲れていて、その上に、なんの手掛りもないこの旅にそろそろ先行きを不安に思い始めていた。一番長いものでランの一年、あとはかじとりの二十四歳のコールがそれにほぼ近いくらい、最初は船酔いして泣いてばかりいた《弱虫》ジャックが八ヶ月、あとは二回目に立ち寄ったテラニアで乗り組んだ連中が七ヶ月というところで、一番多い。そして不平屋のジュークだの、向う気の強いコランだの、大食いででぶのユエンだの、甲板走りのまだわずか十三歳のジンだの、その兄のナイフ使いのたくみなバールだのは、まだせいぜい半年だ。ダリアの島で数人が船をおりたが、かわりに三人兄弟のグロウとサロウとアムランが乗り込み、それにクルドの財宝の話につられて、若いくせにもう飲んだくれのブリアンが乗ってきていた。いま、ニギディア号の乗組員は十三歳のジンから二十四歳のコールまで、イシュトヴァーンとランをいれて二十七人になる。大人がそれだけいるなら知らず、おもだったものたちの年齢からゆくと、二十七人は、さほど大きくもないこのニギディア号を動かすのにかろうじてかつかつ、という人数で、イシュトヴァーンが本当はもうちょっと、あと二、三人は海に馴れたベテランの水夫を欲しいという気持をもっているのは、ランだけが知っていた。

だが、イシュトヴァーンが大人を信頼していないのと、もうひとつは、そうでなくても動揺しやすい、幼いものが多い仲間たちが、うかうかと大人を仲間にいれたら、それに攪乱されるだろう、ということをおそれて、イシュトヴァーンはもうひとつ迷っているらしい。その決断も、この南ライジア島を出るまでには下されるだろう。ランは、また何人か、船をおりて、次の定期便でおのれの生まれた島に帰る、といい出すものが出るのではないか、ということをもひそかに案じていた。なんといっても、イシュトヴァーンの財宝話というのは、最初は若者たちの冒険心をいやというほどかきたてるのだが、それから、しだいに、何ヶ月かの航海が続いてゆくと、最初にかっと熱してのぼせあがったものほど、「そんなものが現実に見つかるもんか」とか、「こんなことをしてたところでどうなるもんか」というような思いにおそわれがちになり、結局のところ、けっこう何人もが、それで、最初の航海が終わるときに船をおりてしまったり、あるいはまた、長持ちしたものでも、自分の故郷に近い海域にまわってくると里心がついて降りてしまったりと、入れ替わりはなかなか激しいのだ。そのかわりまた、イシュトヴァーンの魅力と弁舌、それにこの話の魅力につられて、あらたなものが乗ってくることも多いのだが。

「イシュト、南ライジアで、何日くらい碇泊するんだい」

ランが、港の土をふむ前にたずねると、イシュトヴァーンは一瞬、珍しく、心を決めかねる、という逡巡のおももちをみせた。

それから、ちょっと肩をすくめた。

「いろいろと、俺はしなくちゃならないことがあるからな。……財宝の手がかりも探さなくちゃならないし、ナントの島についても調べなくちゃならねえ。まあ、最低五日はいるだろうし、人集めだなんだ考えると、十日はいることになるんじゃないのか」

「そうか」

イシュトヴァーン自身も、けっこう疲れているようだ——そう、ひそかにランは思った。

やはり、何よりも、あてもない航海に、それぞれにしっかりした考えや夢をもっているわけでもなく、また給金というもっとも明白な絆でつながれているわけでもなく、夢やイシュトヴァーンの魅力や欲という、もっともあてにならない漠然としたものにひかれて集まってきている少年たちをずっとつなぎとめておかなくてはならない、というのは、イシュトヴァーンにとっても、いかに彼の天性の魅力がその助けになっているとはいっても大変なことなのだろうとランは思う。というよりも、イシュトヴァーンのその持って生まれた指導者の気質や、そのけたはずれな魅力がなかったならば、とうていそもそも一年も続いてはいなかった、無茶な航海であるに違いない。

(何の計画もなけりゃ、あてもないんだものな……)

よくぞこれまで続いたものだ、というべきかもしれない。だが、それもそろそろ限界にきているはずだ。

(そろそろ、何か具体的な計画でも出てくるか……なんか、手がかりをつかんでわっと盛り上がるとか、そういうことでもないと……難しくなるな……)

そうなったときの、イシュトヴァーンの失望を見たくない、と切実にランは思う。生まれたままの子供のようなところのあるイシュトヴァーンが、おのれの夢をともにわかちあってくれる仲間と信じてがむしゃらに引っ張ってきた少年たちに裏切られて、怒りと失望と、そして見捨てられた悲しみに打ちひしがれるくらいなら、自分が悪者になったほうがマシだと思う。イシュトヴァーンの夢をみなが信じていなかったからではなく、俺と一緒にいるのはもうイヤだといってみんなが逃げ出した、ということにしたっていいのだが、とランは思うのだ。

検疫も入港審査も、ダリアの島でもらった証明書のおかげできわめてスムーズだった。ダリアの島の大公の娘がイシュトヴァーンに惚れてくれたおかげで、このさきの海域のどこにいっても入港できる、というとてもありがたい強力なお墨付きになる身元証明書が貰えたのだ。それはこれまでの一年間の航海のなかで一番いいことだったかもしれないとランは思った。半日沖に碇泊していてから、無事に南ライジアの島の最大の港である、ジュラムウの港に入ってよいことになった。

「これから、四日は休みをやる。お前たち、しばらく好き勝手に羽根をのばしてろ。ただし、俺たちと船に迷惑をかけるような悪事だの、法をおかすことだの、もめごとだのをひきおこしたやつはこの俺が海にぶちこんでやる。それから、食い過ぎたり、飲み過ぎたりすんな。海から陸《おか》に上がって、浮かれて飲み過ぎ、食い過ぎて腹を下したり、ぶっ倒れたりするやつは俺はずいぶん見てきたんだ。ことに真水を喜んで飲み過ぎるなよ。こういう南の島の真水は怖いことがあるからな」

いかにも世慣れたようすで、イシュトヴァーンが甲板に皆をあつめて訓示を垂れているのを、ランはほほえましく見つめていた。

「それに、女を買うのもいいが、つつもたせにひっかかるなよ。それから、病気を貰うな。病気になったら、船に乗せねえぞ。それから、いいか、これは大事だ。俺たちの船が、クルドの財宝を探してるんだってことは、誰にもいうな。ぺらぺらしゃべるとどんな禍いを招かねえもんでもねえ。くれぐれも、大人を信用すんなよ。それにここはもうひとついっとくが、こないだ立ち寄ったダリアの島とは違う。あっちよりはだいぶん、南の人種が多くなって、このさきはもう完全に南方といっていい。ダリアとこのアルバナ群島のあいだに線があって、そのさきは南方だと思ったほうがいいんだ。こっから南下してゆけばもう、ほんとの未開のやつらが住んでるゴア列島しかねえんだからな。……知られてない島はまだあるかもしれねえけどな」

「ナントの島は、そんなに南にあるのかい、イシュト」

《学者》と皆に通称されている、背のたかいニルンが質問した。イシュトヴァーンはかすかに眉をひそめた。

「ナントの島がどこにあるかについちゃ、まだ確かなことはわからねえ、そういってるだろう。だが、今度は必ず手がかりがつかめる。俺はそういう気がするんだ。だから、安心して、さいごの航海の前にゆっくりからだをやすめて、英気を養っとけ。それが俺のいうことだ。いいか、皆に、軍資金をくれてやる。俺は気前がいいからな」

わあっと、皆が喚声をあげた。ランはちょっとぎくりとしたが、イシュトヴァーンがかくしからとりだした銀貨を一枚づつ、かれらに配ってゆくのをみて、ちょっとイシュトヴァーンの気前のよさに感心していた。それは、ニギディア号を手にいれるためにイシュトヴァーンがイフィゲニアで体を張って作った金の、残りのさいごの部分であったはずだ。

こういうところが、やはりイシュトヴァーンは人心掌握にたくみなのだと考えながら、ランは、とりあえず自分のてのひらにも落としこまれた銀貨を受け取ったが、それがイシュトヴァーンがどうやって作った金なのかを考えると、とても貰えたものではなかった。あとで返そうと考えながら、とりあえずかくしにしまいこむ。皆は歓声をあげ、不平屋のジュークでさえ、すっかり、さっきまで鼻をならしてナントなんか見つかるもんか、とささやいていたことなど忘れたかのようだった。

(単純なやつらだ……)

「さあ、遊んでこい、放牧されたヒツジども《フラー》め。いいか、そのかわり交替制だぞ。一日おきに半分づつかわってやれ、あとの連中は船で留守番だ。不平をいうんじゃねえぞ、それから、いや自分は二日続けて陸《おか》にいたいと思うやつは、当番に交渉してかわってもらって、そのかわりどっちか二日続けて留守番するようにしろ。もちろん、陸《おか》にあがるよりか、自分は船で留守番していたい、と思う奇特なやつは、金をもらって、自分の権利を誰かに売ってやったってかまわねえんだぞ。それはいいようにしろ。ただし、俺がさっきいったことを忘れるな——もめごとをおこすな、船の秘密をもらすな、それから食い過ぎるな、飲み過ぎるな、病気をもらうな、いいか、わかったな」

「ようそろ!」

少年たちは声をそろえた。

その声をきいて、イシュトヴァーンはちょっと胸があつくなったような顔をした。ランは、イシュトヴァーンの気持がよくわかるような気がした——このライジアの、ジュラムウの港に現在入港している船が何百隻あるのかは知らないが、まず、このニギディア号の乗組員くらい、うら若くて平均年齢が低いものはあるまい。その分、経験も浅いし、当然、まとめてゆくのも大変だ。なんだかんだといいながら、よくまあ、自分もまだ二十歳半にしかすぎないイシュトヴァーンが、二十五人もの少年たちをこうしてずっと一年近くも引っ張ってきたものだと思う。いや、ということは、そもそもこの無鉄砲な航海に乗り出したときには、イシュトヴァーンはまだ十九歳になって間もなかったということなのだ。

(それだけだって、やっぱり、やつは、すごいやつさ……)

「イシュト」

ランは、つと、渡り板をいそいそと渡って出かけてゆく第一陣の少年たちを甲板で見送っているイシュトヴァーンのそばに寄った。

「あんたは、どうするんだ。これから」

「俺？　もちろん、俺もジュラムウの港に降りて、ちょっとあちこち情報あつめだの、なんだかんだ、するさ」

イシュトヴァーンのことばは、いくぶん何か含んでいるようにきこえる。

「それに……金もなくなってきちまったしな。正直いって、いまのが、けっこう、さいごの分なんだよ。だけどな、やつらには、俺がちゃんとたくさん金をもってると思わせとかねえといけねえしな」

「また、無茶なことを……」

いくぶんあきれてランはいった。そして、かくしに手をつっこんで、銀貨をとりだした。もうここなら、船に残るものたちも船室や船倉におりていってしまったし、見つかる心配もない。

「これ、返すよ」

「なんだ？　なんで返すんだよ、ラン」

「だって俺——あんたが、体を張って作った金なんて、受け取れないよ」

「ばかだな、いいから持ってろよ」

イシュトヴァーンはにっと笑った。

「そう、いつもいつもやれるわけじゃねえんだからさ。港についたときだけさ。――だがそれも、宝をみつけたら、全然別だがな。とにかく、ラン、お前は好きなようにしていいんだぞ」

「あんた、ひとりで港にゆくつもりなのか？」

「ああ」

「この町――このライジアの島について、なんか知ってるのか？」

「いや、ほとんど、何もわかんないけど、俺は馴れてるからな。まあちょっとうろうろしてれば、おいおいにつかめるだろう。俺は、においだの、気配だので、だいたいここがどういう感じなのか、さぐりあてるのはすごくうまいんだ」

「それは、そうかもしれないけど……」

ランはいくぶん不安になっていった。

「でもさ、あんたは目立つし……それにこの島はようすが全然知れてない。俺、ついてっていいか？」

「怖いのか。一人で出歩くのが」

イシュトヴァーンはかすかに口もとをゆがめた。

「俺と一緒にいたいのか、それとも」

「……」

本当は、自分がイシュトヴァーンについてゆきたいと思うのは、イシュトヴァーンの身を守りたいからなのだ。イシュトヴァーンは確かに腕もたつが、しかしまだ少年だし、それは自分も同じにせよ、二人いればまだ心丈夫というものだ。それに、イシュトヴァーンは本当に目立つ。確かに、もしもイシュトヴァーンがまたこの港でも身を売って、減った金を充当してやろうと考えているのだったら、ランにくっついてこられては迷惑だろうが、そのときにはわきまえのない自分ではない、すっとひきさがってやればいいと思う。だが、（あんたが心配だ）などといったら、イシュトヴァーンは憤慨するに決まっていた。（俺は女子供じゃねえぞ）とだ。

「あんたが、邪魔だと思うときには、船にかえってるよ、イシュト」

「一人で出歩くのは怖いんだな。そうなんだろう」

イシュトヴァーンがまたちょっと意地悪そうに笑う。ランはかすかに口もとをゆるめた。

「ああ、そうだよ。まったく知らない南の島だもの。ようすが知れないうちは、怖いよ」

「大丈夫だっていってるのに、臆病なやつだな、意外と」

イシュトヴァーンは嘲った。

「まあ、じゃあ、いいよ。そのかわり、俺が、目くばせしたら、すぐに消えろよ。まだ、俺も、どうするかはわからねえ。もしも、なんか、手がかりがつかめるようなら……求めてたものの手がかりがあるようなら、なにもこの島で真っ黒い奴らを相手に稼いだりしたくねえからな。……この島にだって賭場はあるんだろうが、ようすが知れねえとそれこそ……どういう顔役が仕切ってるのか、どういうばくちがはやってるのか、何もようすも見えてこねえからなあ。……なあ、ラン、やっぱり、このあたりは、ずいぶん遠い島なんだな」

「どこからさ」

「——沿海州からだよ」

「ああ」

まだ、沿海州の南辺だ、とはいうものの、もうこのあたりは完全に南方諸国のうちだ。南方は南方でまた、さまざまな謎と神秘をはらんだ国々のある場所として、ひとびとのロマンをかきたてはする。だが、その実態については、詳しく知っているものはほとんどいない。それでも、南方諸国とも取引をする、沿海州の船乗りたちが、この時代としては、一番よく、南方について知っている連中ではあるだろう。

（ランダーギアに、ゴアに、レムリア……そして太古からずっととざされているカンパーブリアの大森林……謎の、世界最高の山脈クラウアスゴルの山々があるともいうし……その奥には、人間でない太古の神々が住んでいるという伝説もあったし……そして、この世のはてのカリンクトゥム——大地も海もつきてどうどうと滝になって流れおちているというカリンクトゥムも、南方のはてにあるといわれているし……)

ランは、これまでに、船乗りたちにきいたおぼろげなあやしい知識をあれこれかきあつめた。

そして、南方に住むものたちは、中原の人種とは全く違うことばをしゃべり、まったく異なる風習をもつ、かなり野蛮で文化も大幅に原始的な段階にとどまっている黒人種たちだ。これはランダーギアに往復する船乗りたちの口から、はっきりとつたえられている事実である。ことにゴアやランダーギアでは、人々はほとんど全裸にひとしい格好で暮らし、ただ腰に布だけをまき、そして異教のあやしい神々を崇拝し、奇妙なおぞましい風習をもち、中原の優美で高尚な文化とは似ても似つかない——それをいったら沿海州でも、とても中原よりは何格かは落ちるといわれねばならないのだろうが——謎めいた野蛮な生活を送っているのだ、という。このアルバナ群島からゴア諸島までは、たぶん船でそう遠くない。自分たちは、見知らぬ南方のとっかかりまで入り込んでしまっているのだ、ということを、あらためて、ランは感じた。

「さあ、どうした」

黙り込んでしまったランをじれったげに、イシュトヴァーンがいう。

「俺たちも、行くぞ。ついてきたけりゃ、ついてこい。それに、短刀は忘れるなよ。それにやっぱりその銀貨はもっとけよ。俺と別々になることだってあろうし、そのときに必要にならんものでもないからな。それから、いいか、俺といっしょにいるんだから、俺が何をはじめても、俺にちゃんと協力しろよ、わかってるな」

「そりゃもうわかってるさ」

「よーし、いつだってお前が一番頼りになるからな。俺も本当は、お前が一緒にいてくれるのが一番だ、ラン」

イシュトヴァーンはにやりと笑った。

「よし、じゃあ、俺たちもいってくる。留守番を頼んだぞ」

とりあえず、船をあずかる側にまわった、ダリアの三人兄弟の長男のグロウが、手をふった。

「ようそろ」

イシュトヴァーンは足取りもかるく渡り板を渡り、桟橋に飛び降りた。ランもつづく。知らぬ国にはじめて降りるのに、船の上と同じ上体裸のままではあんまりだろうというので、イシュトヴァーンはひさびさに、すっかり船の上で日焼けしてしまったからだに、ふわりとしたヨウィスの民のようなうすものをまとっている。サッシュで細い腰をしめあげ、はなやかな色のくくりひもで髪の毛をうしろでゆわえ、おまけにいろいろな模様の入ったうすぎぬの布を額からうしろにまわして髪の毛をおさえ、それを横で縛って垂らしているので、黒い髪の毛と黒い瞳、それに浅黒い肌のイシュトヴァーンは、妙にヨウィスの民めいてみえる。それも、いうならば、ヨウィスの民の男装の美少女のようだと、ランは思っていた。自分も、一応いつもの黒い革のベストの下に、白い麻のシャツを着ておく。

だが、これは、一歩港にあがったとたんに、なかなか難儀であることが明らかになった。

「ひええ、暑い。なんてこった、これじゃ、日射病になって目がまわっちまうぜ」

いきなり、イシュトヴァーンが大声で不平をもらしたくらい、ライジアの島は暑いところだ、ということがわかったのだ。一日碇泊させられて、いよいよ入港が許可されたのはひるごろだったので、ちょうど一番日が高いころなのかもしれないが、それにしても、白茶けたほこりっぽい地面から、もわもわと熱気がゆらめきたちのぼるような暑さは尋常ではなかった。海の上にいたから、それほど感じなかったのだ。

「なんか、白いな」

それが、イシュトヴァーンの最初の感想だった。まったく同じことをランも感じていた。

ライジアの島は白い。島全体が白いというわけではないのだが、建物が基本的に、白い石で作られていて、おまけに地面が白灰色のかたい砂地から、さらに白茶けた岩がごろごろする崖に続いているから、島全体が真っ白に見えるのだろう。ちゃんと木々もあるのだが、それもなんとなく、砂埃りで白いヴェールをでもかぶったように、これまで見てきたダリアの島のようなあざやかな緑、花々の赤や黄色の原色、といった印象がまったくない。ひたすら、白茶けて、そして空は泣きたいくらい青くとろりと暑く、太陽がおそろしく近いところにいるような印象の島だった。木々も、白っぽい長い毛に覆われた、茶色の幹のざらついた、上のほうにだけぼしゃぼしゃと茶色がかった緑の巨大な葉が奔放に伸び出している妙なあまり見たこともない木ばかりで、その下のほうに、暑さと熱気にうんざりしてしまったかのようにげんなりした下生えが埃に白茶けて生えている。

そしてまた、道ゆくひとびと——それにも、ランとイシュトヴァーンは、驚きの目を見張っていた。

これこそ、ダリアから距離にすれば一千モータッドくらいのはずだが、まったくの異国というべきであった。

「おい、見ろよ」

イシュトヴァーンがこそこそとランにささやいたのも無理はなかった。

「みんな、ガーガーみたいに真っ黒けだぜ！　おい！」

第二話　クルドの財宝

1

まことに——

それは、沿海州の少年たちにとって、はじめてみる、本当の南方の種族であった。

いうまでもなくイシュトヴァーンはヴァラキアの、ランはライゴールの、いずれも沿海州の出身である。沿海州の人種は、中原の、たとえばパロだのクムだの、あるいは東方の若干黄色みがかった人種などと比べたら、ずいぶんと色黒なほうであるが、そのなかでもかなり浅黒いほうであるイシュトヴァーンでさえ、この南ライジアのジュラムウの町並のなかでは、非常に色白にさえみえるくらいだ。

黒人、というのはどういうものであるのか、ゴアやランダーギアの黒人種の現物というのを、かれらははじめてみたのだった。ダリアや、イフィゲニア、テラニアでもいないわけではなかったが、奴隷にされていたりしてあまりおおっぴらな場所へは出てこないことが多いのだ。

ジュラムウの人々は本当に肌が黒い。それは漆黒の、それこそ、黒く塗ってつやを出したように黒い肌であった。それに髪の毛がちぢれている。おおむね背が高く、骨格もたくましく、それも、腰が高く足の長い、いい体格をしている。イシュトヴァーンは少年ながら長身だと自負していたのだが、ジュラムウの港を歩き出してすぐ、ひどくおのれが小柄なような錯覚にとらえられてきたほどだった。どちらにせよイシュトヴァーンは身長のわりには横がない。ランにいたっては、大袈裟にいえば巨人国に迷い込んだような気がするくらい、南方の人びとというのは、基本的に大柄である。男も女も、それに、実に堂々たる体格をしていて、おまけに年のいったものたちはたいへんな脂肪がついていた。それこそ、中原ならば肥満と飽食の神バスにたとえられてしまいそうな堂々たる巨漢が、こともなげにうろついている。巨体のわりには身が軽いようだ。若いものたちは骨格がたくましく、筋肉が発達して、みんなとてもいいからだをしている、というのがランの感想だった。

そして、その立派な体をみな、おしげもなく露出している。女たちは一応、胸まである布をまきつけ、腰にも長いスカートのようなものを履いているが、男たちも、短いスカートのようなものをはき、その下ははだしで、サンダルをはいている。暑くて、とてももぴったりしたものなど身につけられないのだろう。そして、上半身には、短くて、派手なししゅうのあるベストだけをつけているもの、ふわりと袖と襟と裾のひろがった、ししゅうのある上着を着ているもの。頭はちぢれ毛を短くかりこんで真っ赤な筒型の帽子をのせたり、女はその髪をいくつにも編んで頭にまきつけ、花をさしたりとにぎやかだ。

全体に、ひどく異国めいていて、そして、ずっともうこの一年このレントの海の島から島へとめぐってきたイシュトヴァーンとランの目にさえまぶしいほどに華やかに、エキゾチックに見えた。なまじ背景が真っ青な海と真っ青な空、そして白茶けた建物と大地と崖、という無彩色に近い単色のものばかりだから、ひとびとの衣裳の派手さがおそろしくきわだつのである。そして、若い女たちは——中には年とったものもいたが——頭の上に、かなり大きな編んだ籐の籠をのせ、そのなかにいろいろな果物や魚やパンなど、また衣類や布などをのせて片手でたくみにひょいとおさえて歩きまわっていた。

港のまわりは、にぎやかであった——こればかりは海あるかぎり、どこへゆこうとも変わらぬにぎわいだ。屋台がこの暑い白茶けた大地の上にもぎっしりと軒をならべ、巨大なクロヤシの実の半分に割ったものだの、なつめの実の干したものをたくさん籠に積み上げたもの、甘くて独特のかおりのあるシロヤシの実をかきだして細く切ってかじりやすくしたもの、そして巨大な黄色い、汁気のたっぷりあるムックの実をざくざくと切ったものを棒にさしたのなどを売っていた。ほかにも、一応冷たい飲み物——とはいっても、氷などはありそうもないから、なまぬるいのに違いなかったが——を各種並べて売っていたり、それから小腹を安くみたせるように、紫色のイモを輪切りにしてふかしたのや、それに燻製のハムをはさんだものなどを売っている。イモはこの島の主食であるらしく、ついて団子にまるめたものを串にさして揚げたのや、それを平たくうすべったく餅のように作ってその上になにか辛そうなみそをぬったもの、また干し魚をはさみこんだイモのもちのようなものなどもさかんに売っていた。また、いかにも港町らしく、みやげものに、奇妙なまじない人形だの、いかにも南洋らしい面、そして巨大な木のイスや飾りものなどを売っている店もある。色とりどりのわらで編んだおそろしくつば広の帽子をたくさん、上からつるしている店もある。

それはみな船乗り相手の商売のようだった。なかのひとつの店が、ふとイシュトヴァーンの目をひいた。

それは、誰もそのまえに立ち止まってない店で、店といっていいのかどうか、ささやかな机を出し、そして小さな屋根をその上に作って、ひっそりとひとりの太った、太りすぎて目が肉のあいだに埋もれてしまっているような黒人の老婆が座っている店だった。へたくそなおおきな文字で、その机の上にたてた小さな看板に「未来がとてもよく当たる・人相占い・どんなことでもお教えします」と書いてあるのが、イシュトヴァーンの注意をひきつけたのだ。

ランが何もいうひまもなく、イシュトヴァーンはつかつかとそこの店に近寄っていった。そして、かくしからつかみだした、十分の一ラン銅貨をぽいと老婆の前においた。

じゃらじゃらと太い手首に銀の輪を何十個もつけ、おそろしく雄大なからだをけばけばしい原色の布でつつみこんで、胸のところにもなんだか巨大な円盤だのまじない紐だの、いろいろなものをかけて、いかにもそれらしい老婆はすばやくその銅貨をつかみとり、さらいこむと、ほとんどあいているのかいないのかわからない目をあげて、イシュトヴァーンを見上げ、それからふいに、あっというような声をもらした。

「どうした」

イシュトヴァーンは気にもとめずにいう。

「俺の未来を見てくれるんだろう。人相占いってことは、顔をみて、未来がわかるのか。どうだ、俺の顔には凶相が出てるか、ばあさん」

「あんた、この島のもんじゃないね」

なまりがひどく強かったが、ききとれないほどではなかった。さっきから、ランは、歩きながら、通行人のことばがほとんどききとれないな、と思っていたのだ。それにくらべれば、一応中原のことばだとはっきりわかる。

だがいうことは下らない、それだけでもこのばあさんがどれほど信用できるかわかるじゃないか、ともランは思っていた。そもそも、この、縮れ毛の漆黒の人々のなかであまりにも異質な、長くまっすぐな黒髪をうしろに垂らし、浅黒いといってもこの島では色白で通りそうなイシュトヴァーンが、この島のものではないことくらい、どれほど馬鹿でもひと目でわかるではないか、と思ったのだ。だが、イシュトヴァーンは大真面目にうなづいた。

「ああ。俺は海をわたってやってきたんだ。きかせてくれ、俺の未来はどうだ」

「こりゃ大変だ」

占い師は低くつぶやいた。そして、指輪が食い込んでいる、まるまると太った皺ぶかい手を、まるで何かの呪いを避けるようにふりまわした。

「あんたは、本当に役にたつ占いをしてほしいかい、坊、それだったら、ちょっとつらいことも云わなくちゃならないが役にたつよ。それから、もし本当にききたいことがあれば、ひとつなんでも教えてやろう。あたしの知らないことはないからね。だがそのためにはもうひとつ銅貨が必要だよ」

「足もとを見やがって」

イシュトヴァーンは低く毒づいた。が、

「いいか、本当に、なんでも教えてくれることができるのか？」

求めていたのはまさにそういう相手だったので、念をおした。ばあさんはうなづいた。

「もちろんだよ、このトリばばあの知らないことは何も知る価値のないことだ。レントの海の界隈のことなら何ひとつ知らないことはない、どの船がいま沈んでゆくところか、どこでいまあんたに呪いをかけてる奴がいるか、何から何まで教えてあげるとも」

「じゃあそっちが先だ。ナントの島って知ってるか。それのありかを教えてくれられるか。そうしたら銅貨を二枚やるぜ。それが本当だったらだが」

「ナントの島」

きくなり、トリばばあは大袈裟に手をふりまわして、おそろしそうに声をひそめた。

「もちろんさ！　ああ、まったくあんたはいい相手にたずねたもんだよ、坊、だがナントの島のことは忘れなされ。ナントの島は呪われているんだよ」

「んなことは、わかってらあ。ばばあ」

イシュトヴァーンは鼻であしらった。

「だが、なんで呪われてるんだ？　云って見ろよ。なんでも知ってるならそれだって知ってるんだろう」

「そりゃ、血塗られた呪われた海賊のクルドが、クルドの財宝のことを知ってる仲間を一人残らず殺して埋めたのがナントの島だからだよ」

トリばばあは恐ろしそうに声をひくめた。イシュトヴァーンの目が細められ、するどくなった。どうやら本当に何かを知っていそうな人間に、はじめて遭遇したのだ。

「だがそいつはべつだんお前でなくたって、誰だって知ってる伝説だろうぜ」

だが、イシュトヴァーンはたくみにいった。

「そんなことのために、銅貨二枚は支払えないね。なんだ、お前の知ってることとってのはそんな程度か。俺はまた、もっと、ナントの島の場所とか、それについて知ってる人間とか、それとも……」

「あたしはクルドが殺そうとしたその刃の下からかろうじて生き延びた老人を知ってるんだよ」

ばばあは云いはった。

「それは本当に、クルドの手下だったやつなんだからね。そうだとも、海賊クルドがレントの海を荒らし回って、レントの脅威とよばれ、沿海州のお歴々から蛇蝎のように憎まれていたのはそんなに遠い昔じゃあない、あたしの母親はクルドに襲われて殺されたものの死骸が浜に流れついたのだって見たことがあるといっていたし、それにあたいだって、その生き残りのベロじじいを見たよ。話をしたことだってあるんだからね。クルドの手下だったやつとさ！」

「そんなこた、口先だけでなんぼでも言えるってもんじゃねえか。俺はクルドの手下だった、なんていってるやつぁ、なんぼだっているだろうぜ」

ランは感心しながらイシュトヴァーンを眺めていた。なるほど、こうやって、ひとをむきにさせて情報を引き出してゆくのか、と思う。イシュトヴァーンの、年齢に似合わずたくみな、ひとをあやつる技術の妙の一端を見せられているような心地がする。はたして、トリばばあはむきになったようであった。

「あんたは失礼な子だね！　もうちょっと、年寄りのいうことを信用したり、年寄りを尊重することを勉強するもんだよ！　年寄りってのは、少なくともあんたよりゃ、ずいぶんと長生きしてるんだからね。そうすりゃ、小耳にはさむ話ひとつだって、あんたの十倍はあるってこったよ！」

「俺ああんたを信用してねえって云ってんじゃねえ。そのベロじじいってのが、本物かどうかなんて、知れたもんじゃねえじゃねえか、って云ってるだけだぜ」

巧妙にイシュトヴァーンはなだめた。

「第一本当にクルドの手下だったとしたら、いまはとてつもねえ年寄りなんじゃねえのか？」

「ベロじいさんはもう百歳をこえてる、とみんながうわさしてるよ」

トリばばあは云った。

「あのころ、あたいがまだもうちょっと若かったころだって、もうあのころで七十はすぎてたからね。そうさね、百は越えてるかもしれないね」

「ならもうとっくにくたばってるだろうぜ」

「それが、そんなこたないよ。あたしゃ、こないだも、ベロじじいと会ったってやつの話をきいて、まだ生きてるのかと思ったばかりだったからね。みんな、ベロじじいの話をききたがるんだよ、海賊クルドの話をね！　みーんな、ばかなやつらは、クルドの呪われた財宝を、われこそ手にいれてやろうなんて、思いたがるもんだからね！」

　トリばばあは、肉のあいだに埋もれた小さな目をあげて、ずるそうにイシュトヴァーンを見た。何もかもわかっているのだぞといいたげな目であった。

「おおかたあんたもそのひとりなんだろうが、悪いこたあ云わないよ。クルドの財宝には手を出さないこったね。あれは、いろんな吟遊詩人のサーガや伝説がこの世の中にある中で、一番確実で、一番本当だという確率の高い宝ばなしさ、それはそうだよ。だって、クルドがどれほど沿海州を荒らし回り、どれほどたくさんの船をしずめ、そこからどれほどたくさんのおたからをふんだくったか、それはもう知らないものはないんだからね。そしてクルドが年とってくたばる直前に、欲の皮の突っ張ってた、おまけに誰も信用しなかったクルドは、誰ひとりとしておのれの財宝を渡すまいと考え、あちこち探し歩いたあげくにナントの島を選びぬき、そうしてそこに五十年にわたってたくわえた悪の宝をすべて運びあげて、島のどこかに隠した。そうして、そのあとで、だまして財宝を運ばせた部下どもに毒を飲ませ、からだがきかなくなったところで斬り殺し、残っていた部下たちは、クルドの船、《レントの幽霊》号とともに沈めてしまった。これや、有名な話だよ。知ってるだろう」

「ああ」

短くイシュトヴァーンはいった。その答えからは、どれほどその物語にかれが長い間心の底の底からゆさぶられてきたかを告げるものは何もなかった。

「だが、毒を飼われて斬り殺されちゃあ助かりようもねえが、船が沈んだときには、なんとか泳いで逃れたやつも三、四人いた――クルドはボートで逃れたが、こっそりナントの島に泳ぎつき、それからなんとかしていかだを作ってどこかにたどりついて生き延びたっていのち冥加なやつもいることたいたのさ。しばらく前まではそれが数人いるってのがうわさになって、まああっちでもこっちでも、その生き残り探しがすごくさかんだったものさね。そもそもそのクルドの財宝のうわさだっても、その生き残りどもから伝わったんだろうけどさ」

「けど、そりゃもう百年も前のことだってきいてるぜ」

イシュトヴァーンは疑り深そうにいった。

「いくらなんでも、まだ生き残ってるとしたって百歳じゃきかねえかもしれねえ、それじゃあんまり……」

「だから百になるのならないのって年だといってるだろう、ベロじいさんはさ。だけど、その当時、ベロじいは甲板走りのちびで、まだわずか十歳とかそんくらいだったんだよ。だから、助かったんだ。泳ぎが魚のように達者だったからね。クルドの物語があったのは百年も前のこっちゃない。七、八十年前の話だ。だからうちの母親なんかもよく知っていたんだよ、クルドのことを。前には、この港じゃないが、北ライジアのくるわで、クルドに抱かれた、っていう娼婦だったばあさんもいたもんだよ」

「ああ、ああ、まあ、そういっときゃ、ハクはつくからな」

イシュトヴァーンはなおもいったが、しかしそっと風向きをかえた。

「けど、もし本当ならそいつはすげえや。銅貨四枚の値打ちはあるよな。もしもあんたが……ナントの島なり、そのベロじいさんのことを教えてくれるならさ」

「あんたもやっぱりクルドの宝ねらいだろう。そんなこた、あたしゃ占い師だ、顔をみたとたんからわかっちゃいたよ。だから、この話をしてやったのだよ」

トリばばあはおかしそうにいって、のどをごろごろとふるわせて笑った。肉に埋没して首というほどのものはない。顔からそのまま肩に続いているようなおびただしい肉がぶるぶると振動にしたがってふるえた。

「どうだい。ベロじいさんの居場所が知りたいんだろう。銅貨をあと二枚お出し。全部で五枚、銅貨をくれたら、ベロじいのいるところを教えてあげるし、もしも、もしもだよ、五分の一ラン銀貨を一枚くれれば、ナントの島についてたいへんな手がかりを教えてあげるよ」

「なんだと」

どうやら、どう考えても結局はばばあのほうがうわてであるようだった。

というよりも、結局二十歳の少年と、どうみても六十すぎのしたたかな占い師のばあさんとでは、世慣れかたにおいて勝負にならなかったのだ。トリばばあはとっくにイシュトヴァーンの魂胆など、お見通しだったのだった。イシュトヴァーンは唸った。そして、真剣に考えこんで眉間にしわをよせた。銀貨一枚、というのはイシュトヴァーンにとっては——ことにいまのかれにとっては、大変な金額だったのだ。

だが、かれはやがて、大きくうなづいた。

「ようし、わかった。銀貨をやるから、あらいざらい知ってることを吐いちまいな。だけど、な、これだけはいっとくけど、もしも万一にも、お前のいったことがガセだったとわかってみろ。復讐の使者ガルムの三つの首にかけて、俺はたとえ、一万モータッドはなれた海の上にいようと、戻ってきて、てめえの首をその胴体からひっこぬいてやるからな」

「おお怖い」

トリばばあはまったく怖くもなんともなさそうにへらへらといった。

「あんたの細腕で、このおばばの首を引っこ抜くのは相当疲れるこったろうよ。この首にゃ、まだあたいも用があるからね。だいじょぶさ、ガセなんざしやしないよ。おまけであんたの運勢までちゃんと見てやる」

「ようし」

イシュトヴァーンはかくしから銀貨を一枚とりだして渡した。事実、それがさいごの銀貨であったのだが、イシュトヴァーンが、内心、またこの港で客をひろってかせげばいいや、と考えたのは、まるで顔にそう書かれたみたいにランには明らかであった。

「さあ、持ってけ。この泥棒ばばあめ。そのかわりちゃんと教えろよ」

「いいともさ」

トリばばあの目が輝いた。ばばあは銀貨を太ったイモムシのような指でさらいこむと、首からかけていた袋に大事そうにおとしこんだ。

「あんたはいい子だ。あんたの上にドライドンのお恵みがありますように」

「祝福なんざどうでもいいから早く教えろ」

「お気ぜきだねえ」

ばばあは口もとをかすかにゆるめた。

「じゃあ、教えてあげよう。あのね、もっと近くに寄りな、坊やたち。このライジアが、クルドがさいごを送った島だってことは、あんたらは知ってんのかい。むろん知ってるからライジアにきたんだろうね。いや、南ライジアじゃあない、北ライジアの、さらに一番はしっこから船で渡るちっぽけなミュゼウっていう島、ライジアの尻尾とかって呼ばれてるけどな。そこで、クルドは最後の女のアマンダと一緒に、死ぬまで暮らしていたんだよ。これはもう確かなことだし、そのくらいは知っててきたんだろうね？」

実はイシュトヴァーンは知らなかったのだが、彼は威張って「当たり前だ」と答えた。

「まあ、そうだよねえ。でなけりゃ、あんたみたいな色の白いのがこんな、南方の島までくだってくるわきゃあないんだ。だからね、あたしゃ、ひと目でわかったよ、ああ、こりゃまた宝探しだな、クルドのサーガにとりつかれたばかものだなってさ。おいおい、ばかものっていったからって怒らないでおくれよ」

「怒りゃしねえけど、てめえは無駄口が多すぎだ。とっととしゃべれよ、時間がねえんだ、ばばあ」

「あいな、あいな。だけどこういうことは順序だててしゃべらないとねえ。……クルドのさいごは、やっぱり血ぬられた海賊だけあって悲惨なものだった。一説にはクルドはおのれひとり船にのって、どこか南洋の海のはてへ去っていった、っていう話もある。たいていの吟遊詩人がうたうクルドのサーガはそういう終わりかたをしている。そりゃ、きっとそのほうが誰にとっても、夢があるからだろうね。もしかしたらクルドはとてつもない年寄りになってまだ生きてるかもしれない……そう思ったほうが、そりゃ面白いやね。だが、ライジアの島のものだけは、本当のクルドのさいごがどういうもんであったか知ってる。それは、なにせ、ライジアがクルドの最後の地になったからだよ」

「本当か」

こらえきれずに、イシュトヴァーンは低くつぶやいた。そして、そっとランにささやかずにはいられなかった。それまでは、まるでランの存在など、まったく忘れたようにさえ見えたのだ。

「もしもこれが本当なんだとしたら、俺たちゃ、いきなりまたすげえ金的を射止めたもんだぜ。偶然、目のまえに見つかった島に上陸したら、それがクルドのさいごの場所だったなんてよ！　これこそ、ルアーが俺を導いてここに連れてきた——クルドの財宝を受け継ぐようにとさ、そうとしか考えられねえよ、なあ！」

「ああ……」

イシュトは、そう考えるんだ、とランはちょっと感心して考えた。彼自身は、その話をきいた瞬間に、（なんだかそれって、話がうますぎるぞ……もしかして、何かワナがあるんじゃないだろうか？）と、そう考えたばかりだったからである。イシュトヴァーンはそれを神の啓示、というように受け取るのだ。同じ年頃の少年として、ずいぶんとものの感じ方や考えかたは違うものなのだと、ランは感心したのだった。

「そう、クルドのさいごは無残なものだった」

ばばあは声を低めてくりかえした。

「そりゃあもう、あれだけすさまじい殺戮をくりかえし、おまけにあれだけの船をしずめ、沿海州の脅威、レントの地獄と呼ばれた男だよ。ぶじにさいごをまっとうしたんじゃあ、それこそドライドンが許さないというものさ。——あれに殺された大勢のものたちだって浮かばれまい。だが、それにしてもクルドのさいごはむごたらしかった。クルドは長い殺戮と掠奪のはてに、財宝を隠してしまい、そうしてあちこち転々としておのれの足跡を隠してから、もうまったく身元も名前も、外見までもかえて——髪の毛を全部そっちまい、顔かたちまでもかえてね、それでミュゼウの島を買った。借りておけばよかったのに、一生船の上で送ったクルドも、さいごには、おのれのものである安息の地が欲しくなったんだね。それがクルドのいのちとりになった。これも金で買ったアマンダって若い女を連れて、クルドはミュゼウにやってきた。そうしてそこに邸をたて、そこで死ぬまで安楽に暮らすはずだった。だが、ある夜そこに男たちの一団がやってきた——」

「………」

2

「それは、クルドが沈めたレントの幽霊号から泳いで生き延びた数人の、ごくごくわずかな生き残りのなかのひとりだったという。クルドが一番恐れていて、そのために大勢殺して口封じまでしたのはこのことだったのさ、結局無駄になっちまったけどね。そいつは仲間をかたらい、やってきた。そうして最初はあちこち探しまわっていたが、やがて買物に北ライジアの島にきたアマンダをとらまえ——そうして、金で買われたアマンダはこの男といい仲になっちまって、手引きをしたんだよ。夜中に、クルドは襲われた。そうして、財宝のありかを白状しろと拷問にかけられた。あれほど勇猛だったクルドももうよる年波で、しかもたった一人とあっちゃあ、衆寡敵せずでどうにもならず、だがそれでもクルドは白状しなかったそうだ。あくまでも口を割らなかったので、目のまえでアマンダがいためつけるふりをされたが、それでもクルドは口をつぐんでいた。怒ったアマンダも一緒に拷問に加わったというからひどい話さね。それでもクルドは何も白状しないまま、ついにあまりに激しい拷問に息絶えてしまった。拷問の最中に舌を噛みきったんだというものもある。宝をこいつらに渡すよりはと、自分で死んだんだとね」

「わ……」

ランは思わず息をのんだ。

「俺なら宝より、いのちのほうが大事だと思うけどなあ……」

「俺はわかるね」

イシュトヴァーンはおしかぶせるようにいった。

「俺にはわかるね、クルドの野郎の気持が。……そりゃそうだ、そんなやつらに渡してたまるかと思うや。それでどうしたんだ、ばばあ」

「クルドが死んでしまったので、そいつらはアマンダを連れて、うろおぼえの海路をたどってナントにむかった。だが、確かなのはナントにはきゃつらは永久にたどりつかなかったということだけさ。船のなかで壊血病がはやり、またすごい仲間割れがおこって、船のなかで全員皆殺しになってしまった。そうしてたくさんの死体をのせた船がライジアの港に流れつき、人々はクルドの財宝が呪われているというようになった。そのあと、何人も、船を出したり、なんとかしてクルドの財宝を手にいれようとしたものがいた。ベロじいさんはべつだんいやがらずにナントの島のありかを教えていたんだよ。最初のうちはね。自分はもうそんなのろわれた宝——しかももし、それを本当に手にいれたことが見つかったら、たぶん沿海州連合のおえらがたからとがめられることになるだろうしさ、もともとはひとから掠奪したものなんだからさ——なんか必要ないからといってね。だけど、ベロじじいが教えた道にしたがってナントの島を見つけにいったやつらは一人として帰ってこなかった。ずいぶんたくさんのやつが宝探しに出かけたそうだ。だが誰も帰ってこなかった。それで、とうとう、ベロじじいは、罪作りだといって、ナントの島とクルドについて語るのをやめてしまったんだよ。そのときでももうずいぶんな年だったけれどね。——だけど、それでも、金をつんだり、またむりやりに頼み込んだりするものには、気前よく話をしてやってたけど、そのたびに、俺には、あのとき体がきかないまま、クルドひとりにゆっくり斬り殺されていった五十人もの仲間のうめき声がきこえる、ナントの島はあいつらの魂がうらみをのんでさまよってる、近づかないほうがいい、と警告するのは忘れなかったそうだよ。それもだが、ずいぶんと昔の話さ」

「ふむうう……」

イシュトヴァーンは唸った。確かにこれは、夢見がちなイシュトヴァーンのような心をひどくかきたて、ふるわせてやまぬような物語であった。

「だがベロじじいももう年だ。というよりもっとずっと早くにくたばってても不思議はなかっただろうに。ベロじいさんはずっと、俺はほかの、クルドに殺された仲間たちの無念をしょってるんだと口癖にいってたが——あたしもきいたことがあるよ。あたしはこのあたりで商売するために、いろいろそういうことも——なんでも知っていなくちゃあ占い師はつとまらんので、わざわざひとづてでベロじじいを探し当てて、会いにいったのさ。まだこんなに太って動けなくなっちまう前だけれどね。それでベロじじいの話をいろいろきいたおかげでずいぶんともうけさせてももらったよ。この港に船を乗り込むよそのやつらは、その半分以上が、クルドの宝探しか、それとも少なくとも興味をもっている。なんでも教えます、というあたしのこの看板をみると、寄ってきて、もしかしてクルドのことを知らないか、ナントの島ってのはどこだ、ってきくのさ。それがあたしの商売の半分くらいだってものさ」

「うう……」

自分が、ほかの皆とまったく同じことをしていた、ときかされて、イシュトヴァーンはますます鼻面に皺をよせ、鼻孔をふくらませたが、とりあえずそれについて何かいうのはひかえることにした。トリばばあはまだまだ話しつづけたそうだったからだ。たとえ皆と同じものしか手に入らぬにせよ、皆と同じだけの情報は確かに手にいれておかねばならなかった。むしろ、それがなければはじめることさえおぼつかない。

「そんなに、たくさんのやつが、クルドの宝を探しにきたのか」

「そりゃあ、そうさ。それに、クルドに身内を殺され、身内の乗った船を沈められたものにとっちゃあ、クルドの財宝なんてものよりも、クルドが奪い去ったもののなかに、恋しい人の形見の品や、その人がいたという証拠がありはせぬかと、それを探したいいちずな娘や可愛想な母親だっていたんだからね。ベロじじいはそういう連中には報酬もとらないで教えていたよ。だが、そういうものたちだってひとりとして帰ってはこなかった。おまけにね！」

トリばばあは声をひくめた。

「この十年というもの……このあたりはその、クルドにあやかろうという連中でとんだ名物――海賊どもの巣窟、海賊どものたむろする場所になっちまってねえ。ことに北ライジアの北半分がそうさ。南ライジアはまだまだ平和だ――あんたらも船できたんだろう？　そりゃそうだ。すごいヴーズーの魔道師以外には、船を使わずこの島へ飛んでこられる人間はいやしない。それともドライドンかニンフに愛された伝説の海人、鮫人でもあるならば、レントの海を泳いでわたってもこられるかもしれないけれどもね」

「何を下らんことをいっていやがる」

不服そうにイシュトヴァーンは云った。

「先を話せ」

「まったく、荒っぽい若様さね。そう、なんといってもクルドは海賊としては史上最高に成功した人間だ。おまけに船の上では一回としてドジをふみゃあしなかった……結局海賊なんてもなあ、《海にむかって突きだした渡り板を渡る》最期さえとげなければ――陸の上で死ねたらもう、それはどんな恐しい死に方をしようとも、海賊としちゃあ大成功の部類なんでね」

「………」

「だから、クルドにあやかりたい、クルドのようになりたい、ってえ海賊どもがいつのまにか、北ライジアの――クルドが死んだミュゼウの島はさすがに縁起がわるいといって、誰もよりつかなかったようだが、それのむかいの、北ライジアの島側にあるバンドゥの港、そこを根城にして、いろんな海賊どもがやってきちまってさ。あっちはまた、北ライジアの北西半分というのは、けっこう岩礁地帯がひろがっていて、漁師たちは近づかないし、もともとバンドゥの港はそりゃさびれたところだった。だから、むしろ海賊どもがくるのを歓迎したり――もとはバンドゥのかたぎの漁師だったものが、それならいっそと、かれら自身も海賊になったりしちまってさあ。で、バンドゥはいまや、海賊どものむれつどう、海賊の町になっちまったのさ」

「ふーん……」

「そこを根城にしてくっついたりはなれたり、あれやこれや仲間になったり仲間割れしたりしてる海賊どもは、いまや十や二十じゃきかないくらいあるんだよ。おもだったものだけでも、《黒い公爵》ラドゥ・グレイ、黒カラヴィア号の海賊ども、《黒い公爵》と兄弟の契りをかわした《赤い伯爵》インチェス・ノバック、それに女海賊、女だてらに大親分とうたわれた大姐御のマリーサ・カラスだの、その娘のユーラだの、それに

《六本指》のジック、《ホタテ貝《カバルス》のジャック》だの、《残虐男》ユカイだの……そいつらがしのぎをけずって、いっときは海賊連盟なんか作ろうとしたりして、《黒い公爵》が肝煎りをしたりしたようだが、所詮は悪党ども、またばらばらになっちまった。そのときにもずいぶん人死にが出て、バンドゥの港が血で赤くそまるほどのありさまだったようだがね。結局は生き残るものが生き残って、バンドゥだけではなく、最近はその一帯の海岸線のあちこち、その近辺の山岳地帯までも自分の城にして、あのあたり一帯はえらくけんのんなところになっているっていうことさ」

「なるほどな」

　イシュトヴァーンはちょっと獰猛に舌で唇をなめた。これはだが、イシュトヴァーンにとってはとても有難い情報であった。しんまい海賊とはいえ、じっさいの海賊行為などをしたことがあるわけではない。むしろイシュトヴァーンにとっては、うかつに掠奪だの不法行為をして、どこかの島や国から追っかけられることになるのが一番おそろしかったから、極力、そういうことにならぬよう、本当の海賊にならぬよう気を付けていたのだ。いうなれば、彼は、偽りの海賊、海賊ごっこをしているだけのことである。そのことは自分では承知しているし、そのことが、もしも本当の、人を殺し、船をしずめ、物品を奪うのも平気な悪党どもに知られたら、鼻先で笑われるだけではなく、おのれらの縄張りをあらすちょこざいな小僧として、たぶんみせしめにひどい目にあうことになるだろう、ということも承知しているのだ。

「バンドゥの浜一帯か……海賊どもの根城になってるってか」

「そうさね。それに、その連中のあいだじゃあ、もう、クルドの財宝ってのは、いわば、いずれは誰かが見つける共通の隠し金みたいなもんだ。誰かが見つけりゃあ、また盛大な殺し合いがはじまる——その金をめぐってさ。だもんだから、きゃつらは、いっそ見つからないならそのままのほうがいいとさえ、思っているようだ。そうして、もしも見つけたやつがいたら——それがおのれら、バンドゥの海賊どもでない連中だったら、さっそくにやってきてひとアワふかせ、クルドの直伝のあとつぎであるおのれらがふんだくっていってやる、という、そういうつもりでいるんだというよ」

「………」

イシュトヴァーンは考えこんだ。

トリばばあは小さな目で、ずるそうにイシュトヴァーンを見た。

「だからね、ここまで話すとたいていのやつらは、すごすごと諦めるね。クルドの財宝なんてのは所詮呪われた、血ぬられたものなんであって、かたぎな、まともな方法では手に入らないし、手にいれたところで、こんどはバンドゥの海賊どもと、そうして沿海州の海上警備隊どもに追っかけまわされるだけなんだ、ということがわかってさ。あたしの役目ってのは、そういう話を全部してやって、クルドの財宝をうかつにも探しにきたいなんて思う、そのへんのトウシロをいましめる役でもあるんだよ」

「………」

イシュトヴァーンはくちびるをかんだ。

それから、ごくごくおとなしく云った。

「わかったよ。確かにこいつぁ、あきらめたほうがよさそうだ」

「だろう？　悪いこたあいわないよ。とにかくね、まずはあの連中があれだけ探して見つからなかったというか、ナントの島がどうなってるのかわからないが、一説にはクルドは、ヴーズーのよこしまな魔道師の力をかりてあの毒酒を皆に飲ませた。そのよこしまな魔道師が、クルドの財宝を守るために、ナントの島をこれまでとはまったく違うおそろしいところにしちまったんだ、っていう話もあるんだよ」

「なんだって、そんなことになるんだ。その魔道師とやらはどうなったんだ」

「さあ、それも金で雇ったやつなのか、それとも、クルドがそいつも片付けてしまって、それでその魔道師がうらんで、クルドの財宝に永遠に呪いがかかるようにした。という説もないことはないんだけれどねえ。このへんは、すべて伝説だから、どれが本当とも、どれがあまりに想像力ゆたかな吟遊詩人が考え出したお話とも知れやしないよ」

トリばばあはまたごろごろと笑った。

「まあ何にせよ、ナントの島がいまは相当にあやしげなとこになってるってのは確かかなことさねえ。なにせ、クルドが殺したやつらばかりじゃない。そのあと、財宝を探して血で血を洗うみにくいあらそいがくりひろげられ、それもみんなナントにたどりついてからもばたばた殺し合って死んでいったものもあれば、そこまでゆかずにバンドゥの海賊どもにやられたものも——何にせよ、悲惨な話は本当に売るほどあるだろうからねえ、ホホホホホホホ」

「気味の悪い声で笑うなよ、ばばあ」

イシュトヴァーンは毒づいた。

「でも、わかったよ。だけどなあ、俺だって、ともかく銀貨一枚お前にやった手前だってある。もうクルドの財宝はどうやら俺なんかみたいなヒヨッコにゃ、手にあいそうもねえと諦めたけどなあ、その銀貨の分だけは情報は売ってもらうぜ。ナントの島のありかについてと、それから、ベロじじいの居場所を教えろ、ばばあ。そうしたら、それで満足してやる」

「あれま」

トリばばあはひどくおかしそうに巨大な胸を揺すった。

「思ったよりも根性のあるヒヨッコだね、こりゃあ。いいとも、教えてやるよ。耳をお貸しよ」

「ああ。あんまり、くっつくな、ばばあ、暑いや」

「こりゃ御挨拶だね。ライジアの島はいつだって真夏の陽気なんだよ」

イシュトヴァーンの頭をかかえよせるようにして、トリばばあは、なにやらひそひそとささやいた。

イシュトヴァーンはおそろしく真剣な顔をして聞き入っていた。それから、ゆっくりとうなづいて顔をはなした。

「なるほど。ようくわかったよ。ありがとうよ、ばばあ、それなら確かに銀貨一枚分の値打ちはあったぜ」

「だろう？　けど、あんたはまた、近くで見たら思ってたよりもずいぶんとうまそうなひなどりだったんだねえ」

クックック……とトリばばあは奇怪な声をたてて笑った。

「あんたみたいなうまそうなやわらかそうなひなどりだったら、クルドの財宝を探すどころじゃあない、その前にまず、海賊どもにめっからないように気をつけないと、気が付いたときにゃ、クムの廓にたたき売られて足の筋を切られて客をとらされてる——ってことにならなきゃいいが、ってことになるだろうよ。気をおつけ、坊や、気をおつけ。このあたりはまだしも、北ライジアに近寄るんじゃないよ。それよりか、いますぐ船にのって、安全な沿海州に戻ることだね。ここより南にいったら、こんどはクムの奴隷商人だの、ゴアで奴隷を狩る人買い船までうろついているからね。そんなのに目をつけら

れたら、大変だよ。一生、おもてに出られなくなるよ」

「わかってら。俺だって、だてにチチアで育ったわけじゃねえんだ」

陽気にイシュトヴァーンは言い返した。

「それに俺をただのヒヨコだと思うんじゃねえ。お前の人相見には、俺の将来はなんて出ている。俺がそんな、悪党どもにしてやられる玉だとでも思うのか」

「そりゃあない、そりゃあないとも」

いそいで、トリばばあは賛成した。

「そう、その話もね、さいごにしてやろうと思っていたんだよ。あんたの人相で未来を占う話さ。だが、こんなこと、いっていいものかねえ」

「云っていいさ。どんなことだって、云ってみろ、ばばあ。俺はどんなことでも知りてえんだ、自分の未来について。どんなちっぽけなことでも」

「それじゃいうが、あんたは、醜いものに気をおつけ」

トリばばあは重々しくいった。

「うんと醜いものとうんと美しいものに近づかないように気をつけるんだね。それがあんたの運勢を一番狂わせるからね。それに、もうひとつは、あんたの額にみえてるそのひとつ星だ。それはね、言い伝えでは、クルドとおんなじところにあるものにあたしにゃ見えるよ。クルドも、あんたのように、その額のその右側のところに、髪の毛のはえていっぎわにちいさなホクロがあったそうだ。そいつは額のひとつ星、ルアーの血の星といってね。そいつがあると、いずれは、仲間どうし殺し合ったり、裏切ったり、裏切られたり、血なまぐさい流血沙汰のなかで、残虐きわまりない運命のなかに飛び込んでゆくようになる、そういう運勢を示しているのさ。ほかはなかなかいい人相だね。だが、その口もとのしわに気をつけたがいい。それ以上、そいつが深くなると、それは凶兆にかわる。——それから、もうひとつ、あんたはこのごく近いうちと、それからもうちょっとたってからと——そうして、もっとずいぶんたってからと、三回、大きな驚きと悲しみと衝撃とに出会うだろうよ。そうして、そのたびにあんたの運命は大きく揺れ動く。……だが、その三回を無事に乗り切れれば、あんたは幸せな一生を、何ひとつ申し分のない一生を送ることができるだろうよ。あんたにはたくさんの悲しみとたくさんの孤独と、そうしてたくさんの裏切りがやってくるだろう。あんたは激烈な星を背負っている、それはもう、珍しいくらいにね。だが、そいつはみんな、吉でもなければ凶でもない。いまのところはそれは真っ赤な血の色をしているというだけで、瑞兆とも凶兆とも判断がつかぬ。だが、あんたがもし、出会った悲しみや衝撃に負けて何かを手放してしまったら、それはみんな凶兆——というよりも、あんたをますます、その血だまりのなかに追いやるほうに動くだろうね。それだけは忘れずにおくことだよ。あんたは思っているほど、つよくはない、ということもね」

「なんだと……」

イシュトヴァーンはむっとした顔になった。

「俺が思ってるほど、強くない、だと。何を証拠にそんなことをぬかしやがる。このばばあ」

「腕っぷしのことじゃあないんだよ」

トリばばあはなだめるようにいった。

「腕っぷしはさぞかし強いんだろうさ、その細腕で出来るかぎりはねえ。だが、そういう問題じゃない。あんたの心だよ、あたしが見てるのはあんたの心だけさ。あんたの心は、マリウスのかいがら骨でいっぱいだ。あっちもこっちもは守り通せない。守らなくてはならないものはあんまり多いと、それだけでひとは弱くなるからね。本当に強くなるためには、ひとに重荷をあずけるんだよ。それが出来ないかぎりは、あんたは、きっとそのうちに、おのれのかいがら骨の重みにたえかねて、とんでもないことになってゆくだろうよ。クルドよりももっと、とんでもないことに、ね」

「お前のいうこた、よくわからねえな。なんでそこにクルドが出てくるんだ。――それは、俺が、クルドよりも偉くなる、ってことか？」

「そう思いたいなら思ってもいいよ。それとも、クルドよりもっと血まみれになる、ってことだとも思ってもいいし、クルドよりもっと残虐になる、ってことだと思ってもいい」

「よーし、なかなか、お前、見る目があるじゃねえか、ばあさん」

イシュトヴァーンは、なぜか、そのさいごのトリばばあのことばが妙に気に入ったらしかった。

イシュトヴァーンの唇がにっとほころびた。そして、かれは、ふわりと黒髪をゆらして身をおこした。

「いつのまにか、日がかげってきやがった。もうじき夕暮れどきだな」

イシュトヴァーンはつぶやいた。

「ついでに教えろよ、ばあさん、この島で、このジュラムウの港のかいわいで、にぎやかで安くうめえ酒が飲めて、つまらねえもめごとにはまきこまれそうもなくて、でもっていろんなやつと知り合いになれるのはどこだ？　それから若いもんが――親にはあんまり褒められものじゃねえような若い連中がたむろっているのはどこどこだ？」

「若い連中は、そのさきの大通りに入ってしばらく右にいってから、また左にいって三本目の細い通りをぬけた、みんなが石切場通りと呼んでるあたりにたむろしてるよ。そこに、何軒か、若いものの好きな居酒屋だの食い物屋があってさ」

トリばばあは云った。

「ここの島のものはでも全体におとなしいよ。南ライジアの者はおとなしいのさ。そうでない連中はみんな南を出て、北ライジアへ働きに、それともわるさしにいっちまうからね。南ライジアはおだやかで北は乱暴。南はかたぎで北は海賊。そういうことに決まってるのさ。南ライジアはあんまり暑すぎて、動くのが面倒になるからいいやつばかりなんだともいうがねえ。……それから、おすすめの飲み屋がたくさんあるとこといったら――石切場通りは子供らのゆくとこだからね。大人や海賊や旅人たち、船乗りや人買いや、娼婦たちは、みんな《波乗り亭》か《ニンフの黄昏》亭へゆくよ。あとのほうのは、娼家だけどさ、酒も出すよ。ただ、おねだんは少々張るね。あとは、安くうまい酒をのみたけりゃ、《ドライドンの末裔》亭だね。名前負けしそうな、小汚い店だが、料理はうまいし、ひとは大勢あつまってる。音楽がききたけりゃ、《ハチミツ酒と止まり木》屋にゆきな。いつも旅の伶人がなんかかっかやっている。それに……」

「ああ、もう充分だ。あんたの知識にはおそれいったよ。確かに何でも教えてくれるってえ、そのことばにゃ、嘘はないな」

イシュトヴァーンは感心していった。

「大したもんだよ。俺は偶然、この港について一番ふさわしい、一番いい相手に声をかけたってことだな。ありがとうよ、ばばあ、銀貨一枚の値打ちは充分にあったぜ」

「だけど、ナントの島とベロじじいのことはもうお忘れよ」

肩をすくめて――といっても、ちょっとぶるぶるっと肉のかたまりをふるわせたようにしか見えなかったが――トリばばあはいった。

「悪いこたあ云わないからさ。そのほうがいい。……あんたは、この島には本当はこないほうがよかったよ。まだ、北でないだけよかったけどね。北なら、無事で港を出るわけにゃ、ゆかなかっただろうよ。バンドゥじゃあなくて、もっと南のタラムゥの港でさえね。……こっからゴアにかけちゃあ、奴隷商人と人買い船が大活躍してる場所だ。気をつけるんだね。……とって食われるひなどりにとっちゃ、台所は近づかないのが一番無難なところだよ」

「忠告有難うよ」

イシュトヴァーンはやや獰猛に歯をむいて云った。そして、ぐいと髪の毛をふりやって立ち上がった。

「行くぞ、ラン」

ひそやかにじっと耳をすましていたランの存在に、いまはじめて気がついたかのようにいう。

「さあ、とにかく、一杯やろうぜ。もう、そろそろ日が暮れてきた。一杯やってもいい時間じゃねえか」

3

「ちょっと、待ってくれよ。イシュト」

イシュトヴァーンが、ひどく大股でずかずかと通りを歩いてゆくので、ランは追いかけるのに骨が折れた。

イシュトヴァーンはまるで何か気に障ったように――事実そうには違いなかったのだが――ずかずかと、その長い脚で大股に歩いてゆく。ランがついてこようとくるまいと、まったく気にとめてもいないようなようすだ。

ランは息を切らしてそのイシュトヴァーンを追いかけながらも、いくつかのことに気が付いていた。

(イシュトって……本当に、この島じゃあ――この島だけってわけじゃないけど――ずいぶんと目立つんだな……)

トリばばあがこの島にこないほうがよかったというのも無理はないのかもしれない。

イシュトヴァーンがそうやって、白いふわふわしたうすものの上着をまとい、腰をサッシュベルトでしめあげ、額にも飾り布をまいて横で縛って残りを顔の横に垂らしたヨウイスの民のような格好で歩いてゆくと、白茶けた港町の通りを歩いてゆく通行人の半分以上——いや、ほとんど全員が、驚いたようにふりかえる。その目に必ずといっていいほど驚嘆か、興味か、賛嘆の色が浮かび、男も女も穴のあくほどまじまじとイシュトヴァーンを見つめる。イシュトヴァーンの外見がととのっていてひと目をひく、というだけではない。するどく光る黒い瞳、しなやかで油断のない身ごなし、何から何まで、なにか最近のかれにはことに、内側からにじみ出るようにひとの目をひきつける、オーラ、としか呼びようのないなにものかがあるのだ。みなが（いったい、何者だろう？）という目でふりかえるのも不思議はないくらい、かれはそのみなぎる精気や若さや美しさ、そして物騒なくらいに攻撃的な感じなどでも、ほかの人間とあまりにも異なっている。おまけに、格好も、この島の人間たちとはあまりにも似ても似つかないエキゾチックなものだ。本来は浅黒いはずの肌の色も、この島の漆黒のひとびとのあいだでは、はっと目をひくほどに薄い。

それよりも人々の目をひくのは、イシュトヴァーンの、背中に垂らしたつややかなまっすぐな髪の毛のようだった。

（ごらんよ、あの髪の毛！）

（みごとなこと、あんなにまっすぐで、つやつやと黒くて）

　確かにそういっているらしいささやき――じっさいにはそれは島の特有のことばであったらしく、ランにはききとれなかったのだが――を、何回かランはきいた。ちぢれ毛の島の人々には、それがとても珍しいものだったのだろう。ランは、おのれの崇拝する若い首領がそれほどに人目をひいていることが得意であると同時に、ふと奇妙な不安を覚えていた。

「イシュト、待ってくれったら。どうしてそんなに急ぐんだよ」

「ち」

　ランが叫ぶのをきいて、ようやくイシュトヴァーンは足をとめた。まわりから集中する視線など、ハエ《ブンブン》がたかったほどにも気にもとめぬようすで、ランをするどい目でにらむ。だがその口をついて出た言葉はランの意想外のものだった。

「畜生め、くそばばあ、ひとを舐めやがって」

「え――？」

「俺はとって食われるひなどりなんかじゃねえ」

　イシュトヴァーンがぷんぷん憤慨していることにやっとランは気がついた。それが何故か、ということにも。

「イ、イシュト」

「俺はな――俺は、そうならねえためにあのくそったれなチチアの町を出てきたんだ。

俺は——俺はもうおもしろはんぶんに狩りたてられて売り飛ばされる無力な小僧なんかじゃねえ。小さいながらもおのれの船をもち、おのれの手下《てか》だって三十人近くもいる、りっぱな一国一城のあるじなんだ。ふざけやがって、あの野郎」

「イシュト、女だから野郎じゃあないだろう」

なだめるようにいいながら、ランは、そんなことに憤慨していたのかと、あらためて、ほほえましいような、気の毒なような、イシュトヴァーンの若い自負心と現実の見られる目との食い違いに口もとがぴくぴくとゆるんでくるのを、ごまかそうと骨を折っていた。

(可愛想に、イシュトは、もういっぱしの大人のつもりでいるのに。……あのばあさんときたら、頭から……小僧あつかいだったものな)

それはむろん、二十、といったら、まさに大人でもなく子供でもない、半端な年齢でもあるのだろう。それに、イシュトヴァーンの持っている自負心もまた、相当に年齢の割としても過大なものであるのは間違いない。巨大な自負心や自惚れ、自信、などというものもまた、持っていなければずいぶんと楽に生きられるものであるには違いないのだ。

「くそが、髭でも生やしてやろうかな」

イシュトヴァーンはおのれのなめらかなあごをなでてつぶやいている。だが、うっぷんを吐き出したことでようやく多少、気が静まったらしく、どうせいつも足早ではあるが、さっきほど大股ではなくなっていた。

「よしなよ、似合わないよ、イシュト」

「そんなこたあねえさ。髭を生やしゃ、俺だって立派な海賊だ。そうだ、カメロンも生やしてたしな……」

イシュトヴァーンはおのれが髭を生やす可能性について、ひとしきり考えこんでいるらしい。

だが、それで、しばらくしずかに歩いていたと思うと、ふいにランをふりかえってささやくようにいった。

「いいか、そのベロじじいを見つけるからな。明日は、朝から俺につきあってもらうぞ」

「いいけど、イシュト」

いくぶん驚きながらランはいった。

「でも、この島にいるのかい、ベロじじいは。そうじゃあないんだろ」

「ここじゃない。だが、北ライジアのどこの町にいるか、という話はきいた。……そこまでは、ジュラムウから定期便が出てるそうだ。朝一番でその船に乗って、北へいってみる」

「ひとりでかい。危なくないのか」

「だから、お前といくんじゃねえか、ラン」

「ふ、二人だって……」

「大丈夫だ。だいたい、ようすはきいた。それに、北ライジアでも、そのバンドゥか？海賊どもがたむろってて、知らずに近づくと危険なような、そこまでは北じゃねえ。一番南に近い——北と南がほそい岬をへだてて一番近づいてる、とんがり岬っていうとこから、渡し船が出てるのだそうだ。それに乗って、タンデの町へいって、ベロじじいと聞けばたいがい知ってる、だけど、聞いたら、すぐに何を目当てにきたかばれるからね、とばばあめ、あざ笑いやがった」

「そりゃ、みんな、そこまでは行けるんだろうしなあ……」

「だが、ベロじじいってのは、大変な年寄りなんだそうだし、もしかしたらもう、これが最後の機会かもしれないんだ」

「そりゃ、そうだけど……」

「ナントの島ってのも、こっからそう遠くないらしい。ここからゴアにむかう海路をいって、途中ウミネコ島っていう無人島にぶつかるから、それを大きくまわりこんで、まっすぐゆけばゴア、右にまがってゆけばナント、そうばばあはほざきやがった。まず、ベロじじいが本当にいるかどうか確かめりゃあ、ばばあが嘘ついてたかどうかもわかる。

……ベロじじいのことが嘘だったら、すぐにジュラムウに戻ってきて、ばばあめの首ねっこをつかんでしめあげてやらあ」

「首がありゃあね」

真面目くさってランはいった。イシュトヴァーンは獰猛に笑い出した。

「なけりゃあ、髪の毛でもなんでもひっつかんでつるしあげてやるさ。くそが、俺がどうして、てめえで思ってるほど強くないなんて言えるんだ。俺の何をてめえが知ってやがるというんだ。くそばばあ、女バスの悪魔め」

どうやら、イシュトヴァーンは、トリばばあのいったいろいろなことばで、ずいぶんと傷ついてもいれば、むっとしてもいるらしかった。ことばのはしばしにトリばばあの言葉へのうっぷんがあふれてくる。だが、イシュトヴァーンはようやく気をかえたようににっと笑った。

「だが、少なくともこれについちゃ、きゃつめ嘘はついてなかったようだな。みろ、あそこに《波乗り亭》って書いた看板が見える。ばばあがいってた人の集まる店だ。あそこで一杯やって、今夜はあそこと、そのなんとかといった小汚い店――《ドライドンの末裔》亭か、そこにまわり、さいごに若い連中が集まるという石切場通りのようすをみて、それで船に帰ろうぜ。今夜は、娼家で寝るつもりなら、お前だけおいてってやってもいいが……」

「俺は、そんな気はないよ、イシュト。見知らぬ島で、第一夜からそんなことするほど、俺は無鉄砲じゃない」

「無鉄砲、無鉄砲か」

イシュトヴァーンは何を思ったかニヤリと笑った。

「そんなのが無鉄砲だったら、俺はいつだってやってきたぜ。だが何も悪いことなんざおこったためしもねえ。さあ、行こうじゃないか。うん、ここだな、波乗り亭。悪くなさそうだ、うまそうな魚の煮込みのにおいがしていやがる。トマト《クラム》と魚の煮込みだな。ちょうど腹もへってきやがった。いいじゃねえか、おい」


というわけで——

それから二ザンばかりたって、すっかりライジアの島々も夜につつまれたころあいには、イシュトヴァーンとランは、げて味だがいかにもかれら好みの、真っ赤な《太陽の果実》と呼ばれるクラムと、港にあがったばかりの新鮮な魚や貝類を煮込んだ名物料理と、そして南の島でよく飲まれているヤシ酒、フラーのおかげですっかりご機嫌になっていたのだった。

《波乗り亭》はかなり大きな店で、その上にとてもにぎわっていた。最初、イシュトヴァーンたちが入っていったころには、開店したばかりだったのだろう。まだほかの客もおらず、ひっそりしていて、イシュトヴァーンに、入る店を間違えたかとためらわせたが、ともかく腹もへっていたし、その上に店の厨房からはとてもたまらぬほどよいにおいがただよってきたので、赤と黄金色のそのシチューを頼み、すすめられた、固焼きパンをシチューのうまい汁につけてやわらかくしながら食っているうちに、暮れてくるにつれてどんどん客が入ってきて、あっという間に店は満員になってしまった。イシュトヴァーンたちは、入り口近くのわりと目立つ席に座っていたので、入ってくるもの全員にじろじろと見られることになったが、この店は、いかにも船乗りらしい風体の男たちや、このあたりの商人らしい、いささかぐれた風体の連中が連れ立って飯をくい、酒を飲みに集まるところらしく、けっこうこの島のものでない、沿海州のものらしい船乗りもいれば、クムかキタイの血が入っているような、目のつりあがった黄色い肌のものまでいて、外の通りほど、イシュトヴァーンたちのヨウィスの民めいた格好が目立つことはなかった。

だが、イシュトヴァーンがひどく人目をひいてしまうのは相変わらずであった。それは、格好の違和感だけではなくて、年齢的にも、この居酒屋に集まる客はもうちょっと上が中心のようだったし、それにとにかく、何をいうにもイシュトヴァーンは目立ったのだ。イシュトヴァーン自身は馴れていて、ことにヤシ酒がまわってくるとそれほど気にもとめなかったが、ランのほうは、男たちが興味津々でイシュトヴァーンのほうにむける視線がひどく気になったので、さりげなく、酒はあまり飲まずにおいた。いざというとき、立ち回りにでもなるようなら、しらふでいないとまずかろうと思ったのだ。

イシュトヴァーンのほうはだが、そんなことは気にとめてもいないようだった。もともと人なつこい笑顔という、非常な武器のあるかれだったので、じっと見つめられると、これは使えそうだと思うと、その黒い瞳にものをいわせてにこりと微笑みかける。するとたいてい、相手はあわてたように目をそらして、それからまた興味にたまりかねたようにそっと目をむけてくるのだった。

「どうだい、ラン、この酒、ヤシ酒ってんだな。俺、ここまでこってりしたのははじめて飲んだけど、うまいじゃないか」

イシュトヴァーンは真っ赤な、日没の太陽を封じ込めたようなシチューに固い茶色のパンをひたしながらいう。白いとろりとした、ひどく甘い独特の風味のある酒だ。強いものはそのまま飲み、弱いものはそれを炭酸水で割って飲む。炭酸水はこの島の中央にある、《ニンフの乳》山でとれるのだと店のおやじが説明してくれた。

「俺にはちょっと甘すぎるなあ。俺、火酒のほうが好きだ」

「火酒もいいけどな。けど、クムのはちみつ酒なんかもっと甘いじゃないか」

「だから、俺、はちみつ酒も飲まないもん」

ランは、その居酒屋の隅に座っていると、いつのまにか満員になっていた客たちのなかで、いかにもかれら二人がとびぬけて若く、そしてよそものであることを意識しないわけにはゆかなかった。

イシュトヴァーンのほうは、わかっているのかいないのか、あるいはそのことをむしろかっこうの武器として、また情報をかきあつめてやろうと思っているのか、平然としているが、ランのほうは、かれら二人にむけられる視線のなかに、危険なものや、敵意のあるもの、また下心をはらんだものがあるのではないかと気が気ではない。そういうおのれを、心配性だとイシュトヴァーンに笑われるのではないか、と気にもなるが、しかし、ここは、はじめて足を踏み入れた、まったく右も左もわからぬ島なのだ。

「なんだよ、何をきょろきょろしてんだ、ラン」

「いや……」

時間がたってくるにつれて、店のなかは、きざみたばこの煙がもくもくとたちのぼり、酔った男たちの大声がひびきわたって、あちこちから大声の笑い声や、野卑な話し声がきこえ、なかなかの大騒ぎになっている。客は沿海州から船をかってこのジュラムウの港についたらしい船乗りたちが半分近く、あとはこの島や周辺の島のものらしい黒人たちだ。従って、きこえてくる声も、なまりのつよいライジアとかゴア周辺の、ランにもイシュトヴァーンにもまったくわからぬ言葉と、それから、よくわかる沿海州の言葉がいりまじっている。また、まれに、さらにどこか遠いところのなまりだろう、というようなひびきがまじった、中原のことばではあるけれども妙に異質な感じのすることばもきこえてきたりする。すべての音がうわーんと天井にあつまって、がやがやとひびきわたるのが、なんとも、くらくらしてくるような喧騒ぶりである。そのなかを、男たちにからかわれながら、二、三人の給仕女が煮込み料理や酒を給仕して大忙しである。そのなかのひとりはなかなか踏める、黒人ながらもなかなかの美人で、それが、最初のうちは、ひどくかれら二人に興味をそそられたようすで、なにかと用もないのに皿をかえにきたり、酒をついでくれたりしていたのだが、そのあとは客がたてこんでそれどころではなくなっているようだ。

ふと、「クルド」ということばをきいたように思ってランははっと顔をあげた。するとイシュトヴァーンがじっとランを見つめている目とぶつかった。イシュトヴァーンは、シッとするどく指を唇になにげなくあててみせ、聞けというようなそぶりをそっとしてみせた。ちょっと離れた席の連中だ——四、五人の、いかにも船乗りらしいいでたちの沿海州人たちで、ふうていからすると、アグラーヤか、トラキアか、そのあたりだろう。ヴァラキア人ではない。また、なかに一人、おそろしく大柄な黒人が混ざっていて、もうひとり、これはかなり年をくった、小柄な、この島のものらしい老人がまざっている、というおかしな編成になっている。

「やつら、最初に、入ってきたときから、大声でクルドの話をしていやがった」

イシュトヴァーンが、そっと、ほとんど唇をうごかさずにランにささやいた。

「きいてろよ、ラン、きいてろ」

「――いまさら、クルドの宝なんか、手にいれたところで……」

その気になって聞き耳をたてると、がやがやとてつもなくかしましい居酒屋の喧騒のなかでも、求める声だけがしだいに浮き上がってきこえてくる。

「そんなこと、云ってなかったじゃねえかよ、カルマ」

「云ってたさ。シドおやじだってきいてたはずだ、な、おやじ。おめえっちが、ひとのいうこと、聞いちゃいねえだけさ、タム」

いくぶんなまりがあるが、かなりはっきりとした沿海州のことばだ。カルマと呼ばれた男はその一座のリーダー格らしい、大柄な船乗りで、船乗りというより、まともな水夫と海賊のちょうどまんなか、とでもいえそうな、ややいかがわしい風体をしている。タムと呼ばれた相棒は、対照的に痩せて陰険そうな顔をした妙に目つきの残忍そうな男で、そしてシドおやじと呼ばれたのが、小柄な島のものらしい黒人の老人だった。あとひとり、妙ににやにやした禿頭の、だがまだ若いらしい男と、それに大柄な黒人、それに、目立たない小柄な若者がひとりだ。

「そんなことをいうと、ラドゥに大目玉をくうぜ。勇気があるなら、《黒い公爵》にいってみるこったな、いまのセリフをな、ラドゥの前でな」

「そんなこと……」

声が、誰かがあわてて止めでもしたかのように低くなった。イシュトヴァーンとランは、痛いほど耳をそばだてた。

喧騒がざあっとたかまってゆくなかで、また、安心したように、声が少し大きくなる。

「今度は本気だと思うね、閣下は……だが、それにしても、どうしていまさら……」

「そりゃ、もう、これがさいごの機会だと思ったからだろう。ナントの島はもうじき……」

「そんなの、あてになるもんか。やつらはいつだって嘘ばかりつきやがる、あんなやつらのいうことを信用して痛い目をみるのは……」

「そいつはだが、閣下の決めることであって俺たちじゃねえぞ、トロイ」

「……………」

黒人の老人がぼそぼそと何かいう。黒人の大男のほうが——これはみるからにけんのんな、髪の毛をすっかり剃り上げて黒いまるい頭をつるつるさせた、船乗りというよりはほとんど海賊そのものみたいな柄の悪い大男だったが、御丁寧に片目に眼帯までかけていた。その海賊みたいな大男が、いきなりどしんと巨大な拳で木のテーブルを叩いたので、ほかのものが飛び上がり、一瞬、喧騒がやんだ。

「どうしたのよ、船玉のトロイ」

何人かの給仕女のなかでもっとも年かさの、大柄なひとりが、あわててとんでくる。

「他のお客さまがびっくりするじゃないか、騒ぎをおこすのはやめとくれ」

大男が、島のことばらしい、ランたちにはさっぱりわからぬことばでなにかいった。

すると酒場女はイヤな顔をして台所に戻っていってしまった。

(やつら、《黒い公爵》の部下なんだ)

ひそひそと、イシュトヴァーンがランに唇だけでささやいた。

(こいつはなかなか、大変なとこに出くわしたかもしれねえぞ。それにしても、海賊の部下がこんなふうに平然と歩き回ってるなんて、やっぱりこのあたりは、海賊の島なんだな)

ランは大きくうなづいただけで、ひたすら耳をすませていた。なにごともなかったとみて、また居酒屋の喧騒が戻ってくる。

「とにかく、クルドの財宝なんざ、俺は、もう追っかけまわしたところで、糞の役にも立たねえばかりか、沿海州連合の海上警備隊に追っかけられておのれの首をしめることになるだけなんじゃねえかと思うんだがな」

「だが、おたからはおたからだぜ、カルマ」

タムと呼ばれた男が云った。

「あんな呪われた財宝がか。それに、もうもしかしたら、あそこにだってねえかもしれねえ、誰も知らないだけで、もう本当は誰かが運び出して……」

「そんなこたあねえさ。それに、今年のはじめだって、ほら、例の大嵐のときに、馬鹿なコーセアからのしてきた連中が……」

「おい、そんな大声でいうじゃねえ。どこで誰がきいてるかわからねえだ」

シドおやじが、ランたちにもわかることばですするどく云った。かなりなまりはつよかったが、はっきりとわかった。だが、カルマたちは鼻であしらった。

「きかれたからどうした。どうせ、内緒話をしてるわけじゃねえ。聞きたきゃ、聞けば……なんだよ」

シドおやじがカルマをさしまねいて何やらささやいた。

カルマが目を細めた――と思うと――イシュトヴァーンたちははっとした。カルマが、ひょいと首をねじってふりむいた。その視線のさきはまさしく、イシュトヴァーンたちのテーブルにむけられていたのだ。

カルマと、トロイと呼ばれた黒人の大男、それにタムが、同時にイシュトヴァーンを見た。そして、ふいに、カルマが声を低めて何かいい、すると、残りのものたちが、どっと大声で笑い出した。そしてカルマが手をふって給仕女をさしまねいた。

これは、ランにとっては、かなり気味のよくない話だった。その笑い声のなかには、何か明らかな嘲弄に似たものや、また、微妙に、みだらなひびきも混じり込んでいたからである。

（なんだ、やつら……）

ランがイシュトヴァーンに注意するよう、うながそうとしていたときだった。

「あの、あっちのテーブルのお客様から、おごりで差し上げてくれということで」

あらたな、ヤシ酒のつぼがテーブルにおかれたので、イシュトヴァーンとランは思わず顔を見合わせた。

（あんたがあんまり、じろじろ見るからだぜ、イシュト）

ランはまたそっとささやいたが、イシュトヴァーンは何を思ったか、ふんと肩をそびやかした。

「やつらが、俺とお近づきになりてえっていってんなら、いいや、なってやろうじゃねえか」

にやりと不敵に笑って、イシュトヴァーンは云い放った。

「おい、イシュト。駄目だ」

「大丈夫だってことよ、まかせとけ。あんなちんぴら海賊どもにしてやられるようなイシュトヴァーンさまじゃねえ、ちゃんと場数は踏んでんだ。……きゃつらが《黒い公爵》とやらの部下だというのなら、いろいろ有用な情報も持ってんだろう。うまいこと、おだてて、いろいろ引き出してやる。どうせ、ろくでもねえ下心なんだろう」

「駄目だよ、イシュト」

ランは必死に止めようとした。だがもう、イシュトヴァーンは、立ち上がってそちらのテーブルに不敵なようすで近づいてゆくところだった。

4

「ヤシ酒、御馳走になるよ」

イシュトヴァーンは、そちらのテーブルに近づいてゆくと、にっと笑った。カルマが、じろじろと上から下までイシュトヴァーンを見た。ランはあわてて、ヤシ酒のつぼをかかえてついていった。

「遠慮なくいただくよ。有難うよ」

「見慣れない顔だね、坊やたち」

カルマがにやにやと笑った。せいぜい、愛想よくしようとした笑い顔だった。

「どこから来たんだい」

「けさ、ジュラムウについたところだよ、俺たちの船で」

「けさ港入りした船は三、四隻しかなかったと思ったが、どの船の甲板走りなんだ？　クムの女神号か、それともトラキアの定期船か、それとも」

「どれでもねえよ。俺は自分の船の船長なんだ」

昂然とイシュトヴァーンは云い放ったが、それをきくなり、カルマとタムとトロイが声をそろえて笑い出したのでかなり気を悪くした。

「なんだよ、信じてねえな」

「信じるよ、信じるよ。さっき、港湾管理官にきいたところじゃあ、ちょっと変わった小船がついたといってたからな。それじゃ、それがお前さんの船なんだな、坊や」

「………」

自慢のニギディア号を小船、といわれて、イシュトヴァーンはさらにむっとした顔になったが、かろうじてこらえた。近くでみるといっそういかがわしい連中であることが明らかになった——といっても、目立って柄が悪いとか、見るからに悪党づらをしている、というわけでもなかった。ランたちのテーブルからはよく見えなかった、おとなしげな小柄な残りのひとりなど、近くでみると、非常にきれいな顔をしていることがわかった。おそらくこのあたりが、《黒い公爵》とやらのお小姓なのだろうか、とランはひそかに考えた。

だが、かれらがちょっと見にはそれほどぶさいくな悪党づらではないからといって、気を許すことはとうていできそうもなかった。むしろその逆だった。かれらはイシュトヴァーンとランに、同じテーブルにかけるようにすすめた。そのようすも無礼ではなかったし、むしろ親切そうでさえあったが、そのようすのなかにかえって、一見してわかるちんぴらの小悪党ではないすごみのようなものがあった——少なくとも、何回か、いや、相当な回数修羅場をくぐってきた連中のようだな、ということは、ランにはすぐわかったし、それだけに、イシュトヴァーンがどうやってここを無事に切り抜けるつもりだろうか、というのが、ひどく心配になった。

(何も……ライジアについてすぐに、まっしぐらにこんな危ないところに首を突っ込まなくたって……)

だが、すすめられたヤシ酒を断ったりしようものなら、もっと危険なことになっただろう。ランは小さくなって、なるべく目立たぬようにしながら、全体のようすを見ていようとこころがけることにした。さいわいに、男たちの注目は、イシュトヴァーンに集中しているようだった。

「あんた、若いな。いくつだ。名前はなんてんだ。どっからきたんだ」

「俺はイシュト、こう見えても二十三歳だよ。もともとはヴァラキアからきたんだが、もうずいぶん長いことヴァラキアには戻ったこともねえな」

「二十三歳！」

どっと、男たちがわきたった。カルマがニヤニヤと笑み崩れた。

「本当なのかよ。俺はまた、十五、六かと思ったぜ。ひげ一本生えてねえ、つるつるの顔をしてるじゃねえか」

「髭がうすいし、きれいにそってるだけだよ」

不服そうにイシュトヴァーンは答えた。

「いま、のばそうかと思ってるとこだけど、なかなかのびなくてな」

「のばすこたあねえさ。東チチアの売れっ子みてえな顔してんじゃねえか」

「東チチアなんて知らねえな」

「こりゃ、向こうっ気のつええ坊やだな」

カルマがにんまりと笑った。

「なあ、さっき、俺らの話に聞き耳をたてていただろう」

「……………」

「俺らの話に興味があるのかい。え？　俺たちが何者だか、知りてえんじゃねえのか」

「《黒い公爵》の配下なんだろう」

するどくイシュトヴァーンが切り込んだ。これはちょっとした賭けだった。ランはひやりとしたが、カルマたちはまた、どっと笑い出したので、ランはどきどきしながらも、ちょっとだけほっとした。

「おお、俺たちの《公爵閣下》を知ってるのか、坊や」

「レントの海で海賊してるもので、《黒い公爵》ラドゥ・グレイを知らないものがいるとでも思ってるのかい？」

さっきまではまったくきいたこともなかったくせに、いけしゃあしゃあとしてイシュトヴァーンが云った。

「おお、お前も海賊だってのか？　こりゃまた、ずいぶんと可愛らしい海賊だな。それとも、どこかの海賊王のお小姓か、寵童か」

「ふざけんな。俺はれっきとした俺自身の船の船長なんだ。これでも、三十人から、ちゃんとした手下《てか》どもがいるんだぜ」

「こりゃあ驚きだ。ヴァラキアのイシュトっていったっけかな」

かれらを代表するようにひとりでイシュトヴァーンに応対しているカルマがいった。むろん、ほかのものも関心を持ってないわけではない証拠に、タムもシドおやじもトロイも、小柄なきれいな若者も、じっとイシュトヴァーンを見つめ、そのことばにいちいちどっと笑ったりニヤニヤ笑ったりしている。

「ああ、本当はイシュトヴァーン、伝説の王イシュトヴァーンさ。俺はヴァラキアのイシュトヴァーン」

「俺はトラキアのカルマ、こっちはライゴールのタム、そうしてこいつはシドじじい、こっちの馬鹿でけえのはゴア生まれのトロイさ。そいで、こいつはお小姓のショーマだ」

「お小姓って、《公爵》のか」

「そうさ」

ショーマがかすかに口もとをゆるめて云った。

「あんたも、なりたい？　なりたけりゃ、ラドゥに紹介してあげるよ」

「馬鹿いってんじゃねえや」

イシュトヴァーンは獰猛に鼻にしわをよせた。

「俺は俺の船の船長だっていってんだろう。信じてねえな……俺の船、見せてやろうか？」

「信じてるよ、信じてるよ、イシュト」

カルマがニヤニヤ笑いながらなだめるようにいった。そのまま、ずばりと切り込んできた。

「で、お前もクルドの財宝を探してる組のひとつってわけなのか？」

「……」

瞬間、どう答えようかと、イシュトヴァーンは迷った。カルマが続けた。

「何も隠すこたあない。それ以外の用で、こんなライジアくんだりまで沿海州のやつが来るものか。貿易の仕事があるやつらはゴアへゆく。母なるゴア、トロイの生まれ故郷のゴアの島には、でっかいゴアムーの港があるからな。それにゴアにはいろいろ珍しいものもあるし、なんといってもランダーギアからの中継の港でもある……だが、この双生児の島ライジアときたら、ほんとに、宝探しのごろつきども以外よりつきもしねえような、とんでもねえさびれきったくされ島だからな」

「……」

「それにな」

シドおやじが黒いしわぶかい顔をほころばせてはじめて口を出した。なまりは強いが、充分にききとれることばだった。

「クルドの宝探しにゃ、どういうもんか、はやりすたりがあるだ。何年かにいっぺん、どっと熱にうかされたように、クルドの宝を探しにくるやつらが、ライジアめがけて押し寄せる。……それから、いろいろあって、それからしばらく、火の消えたように誰もこなくなる。ありゃあ、どういうもんだか、わからねえだが、この長年に何回も、そういうことがあっただ」

「そしていまはその、はやりすたりの、はやりの期間っていうわけなのか？」

イシュトヴァーンは用心深くいった。カルマは大きくうなづいた。

「まさにな。この月に入ってから三隻も、ジュラムウの港にゃ、クルドの宝目当てのやつらの船がついたという情報があった。そうして、それをきいたので、われらが公爵閣下は、われわれを尖兵にくりだして、ジュラムウのようすを偵察してこいとお命じになったってわけさ。クルドの宝目当ての連中が、どういうことになってるか、調べるためになな。そうして、もしも金的にあたりそうな連中がいそうだったら、そいつらの裏をかいて、こんどこそ、クルドの財宝をナントの島からひきあげてきちまう、という決断を下されたってわけさ」

「そんな大事な秘密を、俺みたいなよそものにぺらぺら喋っちまって、いいのかい」

イシュトヴァーンは鋭くいった。

「なあに、大事な秘密でもなんでもねえよ、そんなものは。この港にクルドの財宝目当てのやつがやってくるのは年中行事みたいなもんだし、俺たちももう馴れっこさ。そのたびに、閣下がかっかとなさるのも、これも馴れっこのことさ。閣下は、よほどのことがなけりゃあ誰もクルドの財宝を手にいれるどころか、ナントの島に上陸することだってできるもんかと安心はしておられるんだが、それでいて、ときたま急に万が一ってえことがあるんじゃねえかとご心配になるみてえでな」

「………」

「それに、俺たちだって歓迎だぜ。お前さんみたいな、若くてきれいな宝探しの海賊さんならな。喜んで、手を組みてえと閣下に申し上げてやるさ」

カルマがにやにや笑った。そらきた——とばかりランが首をすくめる。だが、イシュトヴァーンはにやりと不敵な微笑をかえしただけだった。

「見かけでひとを判断するなよ」

　イシュトヴァーンは片頬笑みを浮かべて云った。

「若かろうが、どう見えようが、俺は東チアの男娼だの、クムの蔭間《かげま》だのじゃねえ、れっきとした海賊なんだぜ。それも自分の船を一年も切り回してきた、な」

「そりゃ、たいしたもんだ。まあ、一杯飲みなよ、ええと、イシュト坊や」

「坊やじゃねえよ」

「悪かった、悪かった。あんまり、若く見えるもんだからよ。なあ、本当に二十三歳なのか。まだ十六じゃねえのか」

「本当だよッ」

　むっとしてイシュトヴァーンは唇をとがらせた。だが、つがれたヤシ酒はぐいと干した。

「イシュト」

　ランがそっと心配して袖をひくのへ、ふりかえって、心配するんじゃねえ、というように片目をつぶってみせる。ランはずっとはらはらしどおしだった。俺もよほど損な性分にできてるよな、とひそかに考える。

（というより……イシュトと一緒にいると、いつも俺ははらはらしてるような気がするな……）

　それほどおのれのことを手堅い気性だとも、生真面目だと思ったこともないのだが、イシュトヴァーンを見ていると、妙にいつも自分がおそろしくくそ真面目で、しかも融通がきかなくて、それこそ「田舎のねずみ《トルク》と町のねずみ《トルク》」の寓話の、田舎住まいのトルクのような気持にさせられてしまう。たぶん、自分が真面目すぎるのではないだろうとランは思う。といって、イシュトヴァーンが真面目でない、とも思わない。厳密な意味では、イシュトヴァーンは、おのれのからだを鍛えることにも、おのれの部下たちを掌握することにも、またおのれの野望に対しても、おそろしく生真面目で誠実だ。その点でイシュトヴァーンを疑ったことは一回もない。

(だが……イシュトは……)

ランはまた、おのれの気持をうまくことばにできなかった。この当時の、教育もほとんどない港町の少年水夫あがりのランである。おのれの複雑な気持ちをたくみにことばにするすべなどは知らぬ。だが、それをもしことばにするとしたら、(イシュトは……とても、あやういんだ……)という、そのひとことにつきたであろう。イシュトヴァーンは、ランよりもずっと腕もたち、気性も荒く、それにおのれに自信もあれば、野望もあり、激しくもあるけれども、それでいて、どこか、もろい。それにあやうい——そのあやうさ、いまにも崖の上の一本橋を、放っておいたらふみはずしてしまいそうなあやうさが、ランに、どうしてもイシュトヴァーンを放っておけない気持にさせてしまうのだ。

（大丈夫かな……イシュトは……）

この、海賊の手下どもとうかうかことばをかわしてしまって、ひくにひけない状況になってしまわねばいいが——あるいはまた、海賊どもが、イシュトヴァーンに目をつけて、よからぬことをたくらんでいるのでなければいいが——そう、ランはひとりでいろいろと気をもんでいた。

（だから……偵察だの、情報あつめなら、もっと目立たない俺にまかせてくれりゃあいいのに……）

イシュトヴァーンほど、派手でもないし、人の目をひきつけすぎもしないが、ランとてもおのれに自信もあれば、それなりに弁舌や知能や、腕っぷしにも自信はなくはない。イシュトヴァーンが目立ちすぎて出来ないようなところへでも、なにげなく入り込んでいって、情報をたくみに引き出してくるだけの自信もあるのだ。

（なんでも——何から何まで、自分でしないと気が済まないんだからな……）

それがイシュトヴァーンの一番あやうい、また一番困ったところだとランはひそかに思ったが、それはここで云っていてもどうにもならなかった。

ランがひとりでやきもきしているあいだに、カルマたちとイシュトヴァーンとは、それなりに一応、かたちとしては意気投合したようであった。

「気に入ったぜ、ヴァラキアのイシュト」

カルマがニヤニヤとイシュトヴァーンの肩になれなれしく手をかける。

「いい飲みっぷりじゃねえか。お前、自分の船なんか切り回して苦労してねえで、公爵閣下の船に水夫で入ったらどうだ。いくらでも、うちじゃ、腕と度胸しだいで、それと手柄しだいで、出世できるぜ――それこそ、一万ドルドンの大船に乗ったも同じことだぜ。それに、公爵閣下はいまレントで一番はぶりのいいおかたのひとりだ……閣下に手に入れられなけりゃあ、クルドの財宝を手にいれることのできる奴なんかいやしねえよ。……そうして公爵閣下はいつでも、いい配下を探しておいでなさる。お前、閣下の部下になれよ。お前ならたちまち小姓組の若頭くらいになれるぜ」

「やなこった。そのためには、その公爵閣下とやらにひざまづいて、はべらなくちゃならねえんだろう」

「必ずしも、そうでもねえさ。閣下は向こうっ気の強い若いのをお求めなんだ。弱虫と臆病者は俺の船には必要ない、といつもそうおっしゃる。それに、海賊といったって、俺たちは、こうして堂々とこういう公衆の面前で、《黒い公爵》の部下だ、と名乗りをあげても安全なくらい、なんというか……」

「誇りがあるんだよ」

タムがすかさずひきとった。

「俺たちにゃ、誇りがあるんだ。《黒い公爵》ラドゥ・グレイの部下だという誇りがな。

……黒い公爵は血まみれクルドとは違う。無駄な殺戮、ただの虐殺は許さねえ。さからったり、怒らせた相手にはとことん、恐しい罰をお与えになるが、得たおたからの分配は公平で、間違いなしだ。それに、むやみと殺しはしねえ、めちゃくちゃな無法なこともしねえ。《黒い公爵》ラドゥ・グレイと義兄弟の《赤い伯爵》インチェス・ノバックの二人は、バンドゥの海賊どもの歴史を大きく塗り替えた。それまでは、血まみれクルドに象徴されるように、海賊といやあ、残虐で、何がなんでも皆殺しにしておたからを全部奪って火をつけて船を沈める、そういうものでしかなかった。だから、海賊といえば、赤い街道の山賊どもと同じくらい非道なただのならずものどもといわれてもしかたなかった。だが、《黒い公爵》と《赤い伯爵》は違う。だからもちろん《残虐》ユカイだの、その仲間の《串刺し》ルッカーだのとはおそろしく激しく対立して戦ったさ。だが勝ちをおさめたのは閣下たちだった。ユカイもルッカーも降参して、閣下に身代金をおさめて助けていただいた。閣下はものの道理のわかったおかただから、きゃつらを殺さないで、バンドゥの海賊どもの王になられたのさ。このあたりはまだしも、北ライジアといったらもう、ラドゥ閣下こそ、帝王だぜ」

タムは、明らかに、《黒い公爵》をそれこそ神様のように崇拝しているらしかった。その話になると、ひどく饒舌になり、口調におごそかな響きさえ加わった。それはまるで、修行僧がおのれのあがめる神の話をでもしているかのようだった。

イシュトヴァーンはひそかに唇をゆがめた――かれは、おのれ以外の神など、毫も認める気はなかったし、誰かの配下になど、死んでもなる気はなかったのだ。

「俺は俺を育ててくれた博奕打ちに教わったんだ」

イシュトヴァーンはそっけなく云った。

「でっけえ賭場の大勢の抱えコロ師のひとりになるよりは、一番ちっちぇえ賭場のたったひとりのコロ振りになりな、ってな。俺はそれをずっと信奉してるのさ」

「こりゃ、面白い、あんちゃん、コロも振れるのか」

「ああ。ドライドン賭博ならまかせとけ。ちょっとしたもんだぜ」

「そりゃいい。お前ならさぞかし、見た目もいいコロ振りぶりだろうぜ。振ってみせろよ。いまから、俺らのよく行く石切場近くの賭場にゆこう。そこならいつでも振らせてくれるぜ、公爵の部下が云ってるといえば」

「俺は、こんな南ライジアまで、コロを振りにきたわけじゃねえよ」

イシュトヴァーンはぶすっとして云った。

「もう、コロ振るのは引退したんだ。さんざん振りすぎたからな、ヴァラキアでな。それに、俺はいろいろやらなくちゃいけねえことがあるんだ。ありがとうよ、兄さんたち、御馳走になったな。それに、公爵閣下の話がきけて、楽しかったよ。じゃあ、俺はそろそろ船に戻らなくちゃならないんだ。今夜は船でもいろいろあるんでな。船長の俺がいねえことには」

「なんだ。もうゆくってのか」

カルマが云った。

「まだ、夜はてんで早いぜ。お子さまだけあってこんな早いうちからねんねするってわけなのかい」

「やっぱり、お前、二十三てのは嘘だな。どうみても、二十すぎとは思えねえ」

タムも笑った。イシュトヴァーンの頰がうっすらと紅潮した。

「お前らなあ……云いたい放題いうのもたいがいにしなよ。ひとが二十三だといったら、二十三なんだよ」

「だが、それなら、もうちょっとはつきあえるだろう。なあ、もうひとつぼ、ヤシ酒を頼んでやるからよ」

「もう、充分飲んだし、もう、この甘い酒は飽きたよ」

ずけずけとイシュトヴァーンはいった。

「船に戻って好きな火酒を飲むよ。……じゃあな、兄さんたち、黒い公爵ラドゥ・グレイによろしくな」

「ちょっと、待てよ」

カルマが手をのばして、ひょいとイシュトヴァーンの手首をとらえようとした。イシュトヴァーンは充分に予期していた。

「ラン、金、払っとけ」

ささやく。ランはうなづいて、イシュトヴァーンのほうを気にしながらすばやく帳場に向かった。カルマの手をかわしたイシュトヴァーンは、かるく会釈した。

「あすもこのくらいになったらこの店にきてみるからよ。そんときにゃ、ゆっくり飲ませてくれよ。今夜は、まだ入港したばかりなんで忙しいんだよ。明日は何もないからゆっくりつきあうよ」

「どこまで、つきあってくれるんだい、コロ振りさん」

カルマがいった。店のなかがかなりしずかになって、いつのまにか、みながこの成り行きに注目していることに、イシュトヴァーンは気づいて、ひそかにほぞをかんだ。あまり、来た早々、ジュラムウで目立ちすぎて騒ぎをひきおこすつもりなどなかったのだ。あそもそも、騒ぎを起こすなよ、といって仲間たちを上陸させてやったのは自分だったのだ。

「どこまでって……」

「公爵に紹介するからよ」

タムがいった。

「よさそうな若いのをめぼしをつけて、それを公爵にひきあわせるのも俺たちの仕事のうちなんだ。いま、公爵の二番手の船《ニンフの翼》が、南ジュラムウの入り江にもやってるぜ」

「明日なら公爵も上陸される。公爵ならきっとお前がさぞかしお気に召すぜ。向うっ気も強いしな——ただ、その、口のききようは、気を付けたほうがいいかもしれねえけどな」

「考えとくよ。じゃあな」

イシュトヴァーンはすらりとかわして、そのまま、店を出ようとした。ランがもう、店の外に出て、そこから心配そうにこちらに顔をのぞけているのはちゃんと目の端に入れてある。

「……………」

ふいに、がしりと手首をつかまれて、イシュトヴァーンははっと身をかたくした。カルマとタムのほうにばかり気を取られていたのだ。ゴアからきた大男のトロイの、ヤシの根のような太い手が、がっしりとイシュトヴァーンの手首をつかんでいた。

「何すんだよ」

イシュトヴァーンは静かに云った。その黒い瞳がきらりと燃え上がった。

「公爵のとこに、連れてゆくから、公爵の部下になれよ」

カルマが云った。そのニヤニヤ笑いは、いまはもう隠しようもないものになっていた。

「それまで、今夜は俺らが可愛がってやるからよ。……なあ、黒い公爵の専属のコロ振りにでもなれりゃ、もう一生食うにゃ困らねえし、羽振りもいいぜ。いい話だろう」

「俺は、誰にも飼われる気なんかねえんだ」

イシュトヴァーンは、トロイの手をもぎはなそうとした。だが、大男だけあって、おそろしい馬鹿力だった。けっこうおのれの力の強いのを自負しているイシュトヴァーンでも、まったく、手をはなさせることができなかった。

「放せよ」

イシュトヴァーンはささやくようにいった。

「どういう気だ？　黒い公爵の部下は、海賊でも、紳士的で、礼儀正しいんだろ。……こんな人なかで、騒ぎをおこすのか？」

「なんだと？」

タムが云った。同時に、海賊たちは、すっと立ち上がった。

第三話　黒い公爵

1

「いま、なんといった？　小僧」

　タムが、ゆっくりと、なんとなく舌なめずりするような感じでいった。はっと、店のなかへ戻ってこようとするランを、イシュトヴァーンは目顔でとめた。

「何だってんだよ。俺は、手をはなせ、っていってるだけだ」

「黒い公爵の部下がどうのこうのといってたようだな」

　タムがいう。これまで先頭にたって喋り続けていたカルマは急に黙ってようすを見ている。一見、いかにも普通そうにみせかけていた海賊どもは、じょじょにその本性をあらわにしようとしているようであった。目つきまでが、ぐんと一段するどくなったように見える。

　まわりの客たちが腰を浮かせた。黒い肌の大男のトロイは、イシュトヴァーンの手首をぐいと力まかせに握ったままはなそうとしない。

「放せよ」

イシュトヴァーンが、ゆっくりといった。云いながら、かれはひそかに間合いをはかっていた。どうでも、いずれはこのような展開にはなるかな、ということは、十二分に予期していたのだ。

「俺のいったことが気に障ったなら、あやまらないでもねえが、そのかわり、その手をはなせよ。そうしたまま、俺たちは紳士で礼儀正しい海賊なんだなんていったって、きけねえぜ」

「礼儀正しくたって、無礼な小僧には、ちゃんとした口のききかたを教えてやらねえとな」

タムが陰険そうに笑った。

「海賊には、海賊のおきてがあるんだってことをな」

「面倒くせえことを云ってんじゃねえよ」

イシュトヴァーンはなおもするどい目でようすをうかがいながらいう。かれの手首をつかんでいる男はとてつもなく力が強い。おまけに大柄だ。それに、ほかのものも、むろん格闘には馴れている海賊どものはずだ。小姓だとかいう若者と老人はともかく、この大男とあと二人は、それなりにイシュトヴァーンにも相手にまわすのに骨が折れるだろう。

だが、ひるむようではなかった。イシュトヴァーンはそんなていどの喧嘩はいくらでも経験してきたのだ。ただ、かれは、どうやってこの大男にとりあえず手をはなさせて、短剣を引き抜くか、そのあとどうするかを、じっとすばやく考えめぐらしていたのだったが――

「ちょっと、待ってよ。シドじい、あたしの店で何をやってんだい」

奥から、どうやら誰か店のものが注進したらしく、あわてて飛び出してきたのは、かなり年輩の、かなり大柄な、そしてかなりよく肥えた、おそろしくどすのきいた黒人女だった。それがこの店の女主人であるらしい。

「あんたがついてるのに。……あんたの顔があるから、出入りを歓迎してるのにさ、この店ん中で騒ぎをおこさないどくれ。きけば、べつだん、なにもそれまでは大したもめる種もなく仲良く飲んでいたんだっていうじゃないか」

「わかったよ、ライラ」

女主人は、それなりにここでは顔もきけば、敬意も払われているようだった。

「はなしてやれ。トロイ」

老人がいうと、大男は、せっかくくわえてきた肉をはなすまいと抵抗する犬のような顔を一瞬したが、もう一回かさねていわれると不承不承、イシュトヴァーンの手をはなした。すかさずイシュトヴァーンはあとずさり、しびれかけていた手首をそっともう一方の手でさすった。すごい力だ。

「もめごとをおこす気は全然なかったし、払いもすんで帰ろうとしてたとこなんだ」

かれは早口に女主人に説明した。

「すぐ帰るから、かんべんしてくれ」

ライラは、黒い網のショールをひっかぶり、手首にも首にも足首にもじゃらじゃらといろいろな飾りを光らせた、いかにもこういう店の女主人らしい格好をした大女だった。じろじろと、彼女はイシュトヴァーンを見た。それから、するどくいった。

「なるほどね、あんたは、この店とか、ちょっと先の《ニンフの黄昏》亭とか、このへんには、あんまり来ない方がいいよ。……このあたりは、あんたみたいなやわらかくてうまそうなヒヨッコがまぎれこむには、ちょっと、向かないところだよ。ま、とって食われたいのなら、それや、ひとの商売だ、止めないがね。でも、そういう商売しにきたわけじゃないんだろ」

「俺はただ静かに飲んでただけだぜ」

イシュトヴァーンはむっとして、もっとするどいことばを返そうとしたが、思い直して肩をすくめた。

「まあいい、くわしい事情は誰か見てたやつからきいてもらえばいい。とにかく俺は消えるよ、そのほうがあんただっていいんだろう。じゃあな」

海賊たちのほうへは、ちらりとも目をくれず、すばやくイシュトヴァーンは店の外に飛び出した。中腰になって、どうなることかと見守っていた他の客たちが、ほっとしたように吐息をもらすのが背中にきこえた。

「イシュト！」

店から出てきたイシュトヴァーンに、ランはかけよった。

「だ、大丈夫だったかい」

「なんともねえさ。とはいうものの……」

イシュトヴァーンの目がきらっと光る。

「おい、ラン。急ぐぞ、ついてこい」

「ええッ」

「ぐずぐずいってんじゃねえ。俺の思い過ごしでなければいいが、でないと、やつら、待ち伏せかますか……それとも、しつこく追っかけてきやがるぞ。あのなりゆきは覚えがねえわけじゃねえ……最初からやつら、因縁つけようとはかってやがったんだと思うぞ」

「ええッ」

「いいから、とにかくフケようぜ。このあたりにいると——シッ」

いきなり、イシュトヴァーンはランの腕をつかみ、反対側の路地に飛び込んだ。ものかげに身をひそめる。《波乗り亭》の木の扉があき、中からどやどやと出てきたのはまぎれもない、カルマたちの一行だった。

「まだ遠くには行っちゃいるまい」

するどくタムがいうのがきこえた。

「探せ。閣下にちょうどいいお土産だ。おまけにやつらもクルドの宝探しのあらてのひとつだ。ほかのやつらへのみせしめにもちょうどいい」

(み、みせしめ……)

はっとランが息をのむのを、しずかにしろというようにイシュトヴァーンのつよい指がぐいとランの腕をにぎりしめた。同時に、見つからぬよう、路地の、積み上げてある酒樽の奥に身をさらにすべりこませる。

「見あたらねえぜ」

カルマの声がきこえた。ふたりの少年はひやひやして、ますます奥にちぢこまった。

「いや、まだだがそんなに遠くはいっちゃいるまい。ガキどもの足だし、それにやつらはこのへんには不案内だ。そのへんの次の店にでも入ったかもしれねえな。おい、トロイ、そっちの店をかたっぱしからのぞいてみろ。俺はもうちょっと先までいってみる」

「じゃ、シドとショーマはトロイについてけ。俺はカルマと先へゆく」

ふたてに別れる相談がまとまったようすだ。

(イシュト。どうしよう)

ランがそっとささやいた。シッ、というように、イシュトヴァーンはまた強くランの腕をつかんだ。

(いいか、この路地は抜けられる。あっちに抜けて、そのまんま、もうひとつ向こうの通りに飛び出してそっからまた路地にはいろう。どうもまずいことになった。やつら、本気で俺らをとっつかまえるつもりだ。いっぺん、船に戻ったほうがいいかもしれねえ)

(ああ)

手短かにささやきかわして、ランは、イシュトヴァーンにうながされるままに、そーっと、うしろのようすを気にしながら路地の奥へと入っていった。

さいわい、海賊どもは、ふたてにわかれて、大男のトロイたちはそのへんの店をかたはしからのぞいてそこにいないかと確かめはじめ、カルマたちは先のほうへと探しにいってしまったようすだ。いまがかっこうの好機とばかり、イシュトヴァーンはランを追い抜き、先にたって路地をかけぬけた。そのまま、もう一本むこうの通りに出る——そっちは、いまの通りよりかなりしずかな、どちらかといえば、飲み屋ではない商店がぽつりぽつりと並んでいるていどのさびれた通りだ。狭い島だから、飲み屋街もごく短いあいだで終わってしまい、あとはひっそりとした小さな家々がひろがっているのだろう。

「あそこなら抜けられる、あの路地に入るぞ、ラン」

イシュトヴァーンはすばやく見極めると、また一本の横道を選んで飛び込んでいった。ようやく、声をひそめないで話ができるようになった。

「もう一本、横によけりゃあ、やつらにはもうわかるまい。……そのかわり俺たちも、どうやって港に戻ればいいのか、わからなくなっちまったな。……方向としちゃ、こう右、右ときたんだから、これでもう一回右に曲がれば港の方向にはゆくはずなんだが」

「ああ。ま、待ってくれよ、イシュト」

息をきらせながらランがいう。イシュトヴァーンはようやく足をとめた。かれもいくぶん息を切らせていた。

「くそ、こんな目にあったのは、チチアを飛び出してからははじめてだぜ」

イシュトヴァーンはぶうぶういった。

「もう、いい加減、お稚児扱いされたり、食い物にされるような年はすぎたと思ってたんだがな。──海賊どもなんてやつはもう……」

「みせしめ、って……なんだろう、イシュト」

ランはくちびるをかんだ。

「ほかのやつらのみせしめにもちょうどいい、って云ってたよ……」

「クルドの宝を手にいれようと、ライジアにくるやつがこのところまた急に増えてるって、あいつらは云ってた」

イシュトヴァーンは云った。

「そいつらへのみせしめに、っていうつもりなら、俺たちは……」

「ど、どうするつもりだろう。まさか、皆殺しにとか……」

「まさか——そこまではやらねえ……だろうけど……」

イシュトヴァーンの声も、いくぶん自信なげにふるえている。もっともそうとは、自分では絶対に認めようとはしなかっただろうが。

「けど……とにかく、うかつに、つまんねえ欲張り心でうかうかとクルドの財宝になんか、ちょっかい出すんじゃねえぞって、《黒い公爵》がみせしめにしたいんだとすると……どうされるか、わかったもんじゃねえ。それこそさらし首にされるかもしれねえし……どうも、時期的にまずかったみたいだな。その《黒い公爵》が、他のやつらに手出しされる前に、クルドの財宝をやはり手に入れておこうか、と動きはじめるところにちょうどぶつかってしまった、ってことなんだろう。……俺らはまだいいが、ニギディア号のほかのガキどもがちょっと俺は心配になってきた。とりあえず、船に戻って……どのくらい船に戻ってきてるかわかんねえが、場合によっちゃ、予定変更して、かなり早めにとっととこの港は出たほうがいいかも……」

イシュトヴァーンの声は、もともとかなりよくとおる。

それに、たてつづくさわぎにさすがのイシュトヴァーンもかなり気持がたかぶって、声が大きくなっていたかもしれない。

もうここなら大丈夫だろうと、路地の入り口に足をとめて話していたかれらは、ふいに、ぎょっとなった。

「やべえ、きやがったッ」

イシュトヴァーンはいきなり、また路地に飛び込む。

「やつらだ。カルマとタムが、あっちの路地から出て……」

「き、気づかれた?」

「いや……どうかわからねえけど——げーっ!　この道、行き止まりじゃねえか、くそ、ガルムのけつの穴め!」

イシュトヴァーンは思わず、あまり上品とはいえない呪いの声をあげた。

「ど、どうする、イシュト」

「どうするって、行き止まりの袋小路なんだ、なんとかして身を隠してきゃつらがいっちまうのを待って……」

「ひとつひとつ、路地をしらみつぶしにしろよ」

カルマのものらしい大声がきこえてきて、二人はひゃっと首をちぢめた。

（どうするッ）

（どうするって……）

うろたえて見つめるランの目を、イシュトヴァーンは困惑したように、そらすようにまわりをあわただしく見回した。だが、両側は人家の白茶けた石の壁、いくつか扉は見えるがそれは知らない人の家、そして真正面は同じく石の壁の行き止まりだ。うかうかとゆきどまりの路地に入ってしまったのだ。戻る道はすでにカルマたちがさしかかってこようとしている。

（しょうがねえ、きゃつらを切り抜けてここをふりきるっきゃねえな）

（や、やるのかい、イシュト！　でも、あいては《黒い公爵》の部下だよ！　けっこう、部下いるんだろう。そんなに大勢を敵にまわすことになったら、俺たち……）

（けどここでとっつかまったら、俺たちがどうなるか、知れたもんじゃねえんだぞッ）

それもイシュトヴァーンのいうとおりだった。もしも、かれらが、それこその宝探しの愚か者たちにみせしめにしよう、というので、どれかひとつの宝探しの組を皆殺しにでもしようというような計画をもっていたとしたら――

（いいか、ラン、俺が先に飛び出すから……）

イシュトヴァーンがそっと云いながら、腰の短剣を抜いたときだった。

「おい」

いきなり、白い壁の一個所がぽかりと開いた——白い石づくりの扉が細くあいて、なかから、手が出てきてかれらをさしまねいたのだ。

「入んなさい。早く」

「………」

どうしようとためらういとまもなかった。

ちょうどまさに、カルマとタムが、この路地のなかをのぞきこもうとしているところだったのだ。イシュトヴァーンは何も考えるゆとりもなく、そのあけられた扉のなかに飛び込み、ためらうランの腕をつかんでひっぱりこんだ。あやういところだった。かれらを飲み込んで扉がばたんととじた、まさにその瞬間に、どたどたと路地に入ってくる男たちの足音がきこえてきたからだ。

「う……ううーっ……」

イシュトヴァーンは扉を背中でおさえたまま、肩で大きく息をした。ランはそのイシュトヴァーンにすがりつくようにして、激しくあえいでいた。

「あいつらに、追っかけられてたのかい」

おだやかな声がいった。同時に、かちかちと火打ち石をならす音がして、ぼうっと、ろうそくに火がともされ、それから、さらにそのろうそくの火をほかの何本かのろうそくにうつして、暗い室内が浮かび上がった。

それはこのあたりの島ではおそらくごくごく標準的な家のありようなのだろう。白っぽいむきだしの石をつみあげて作った壁と天井に、足もとは地面のまま、そして、奥のほうに籐の寝台と、それを隠すように籐のついたてがあり、こちらには瀟洒なテーブルとイスがいくつか、という、沿海州のものとも共通した作りの室だった。テーブルの上に、きれいな象嵌模様のある壺と、細長い杯がおいてある。そして、そのテーブルの前にひとりの男が座っていた。

かなり大柄な男だった。この島——少なくともこのあたりの人間であることは、ろうそくのあかりがうつしだす、その漆黒の肌と白く光る歯でも明らかだ。だが、髪の毛は、このあたりのもののたちのようにちぢれてはおらず、うしろにかきあげて首のうしろでまとめて縛っている。ゆったりした、麻の部屋着をまとって、サンダルをはいている。この室の住人であることは明らかだった。

「このあたりはそれほどぶっそうなかいわいじゃあない、わりあいにしずかな閑静なところだと思っていたんだが、なんだか、驚いた騒ぎだな。……それに、この島のものじゃないね」

「あ——」

イシュトヴァーンは、男を見つめた。

男は、なかなかハンサムで、もうイシュトヴァーンの父親といっていいような年齢だったが、口髭をたくわえ、そして、部屋着の胸もとからのぞく分厚い胸板の上に、きらきらと、水晶の護符が光っていた。身なりはとてもよかったし、室内も、身につけているものもみな趣味がよく、高級そうだった。それと、この、狭い室との感じがいくぶんそぐわなくて、これはこの男の隠れ家かなにかなのかと思わせた。

「す、すみません……」

「いや、なんだか外がやたらに騒々しいなと思っていたら……それにちょうど、ひとを待っているところだったのでね」

男は完璧な中原のことばをきれいなアクセントであやつった。イシュトヴァーンは奇妙な目つきで男を見つめていた。誰かを思い起こさせる、とずっと思っていたのだが、やがて思い出した。

(カメロン……そうだ、なんか、カメロンに似てやがるな……)

肌の色も人種も、顔立ちとてもまったく似ているわけではないのだが、何かが、懐かしい親がわりのその海の英雄を連想させるのだ。だが、カメロンとても顔立ちは整っていたけれども、この男のほうがいっそう、上品で端正な、という印象は強いだろう。

「君たちはどこから?」

「あ……ああ、あの、ダリアから……」

「だがダリアの島のものじゃない。もっと遠いな……沿海州、それもヴァラキアか、アグラーヤか、あのあたりだね」

「こ、こっちはヴァラキアの出身で……俺はライゴールです」

ランは、なんとなくけおされながらへどもどと云った。イシュトヴァーンは、なんとなく奇妙な目つきで、相手を見つめて黙っている。

「ずいぶん、綺麗な子だね」

いくぶん、感心したように、男は評した。その目は、まっすぐにイシュトヴァーンに向けられていた。

「それで、悪い奴等に追いかけられていたのか？　なんだか、このあたりには珍しいたいへんな捕物みたいな騒ぎだったじゃないか」

「ええ、その……」

ランはなんと答えたものか迷った。男は、しなやかなしぐさでテーブルの上を指さした。

「客を待っていたところなので、火酒があるよ。よかったら、ことのついでに一杯飲んで落ち着くか。……ちょうど杯も三つある。私も飲んでいたところだし——飲みなさい。落ち着くから」

「あ、でもそれじゃあ……」

申し訳がない、というまもなく、男はすいと立ち上がり、優雅な身ごなしで酒をゴブレットに注ぎわけた。そして二つの杯をランとイシュトヴァーンにさしだした。

ランはまたためらったが、イシュトヴァーンは、のどがかわいて死にそうだ、とでもいいたげな勢いで、それを受け取り、一気に飲んでしまった。男は、いくぶん苦笑してそのようすを眺め、またイシュトヴァーンについでくれ、そして自分も、自分用らしい象嵌入りのゴブレットをとりあげた。

「いい飲みっぷりだ」

男は評した。

「名前は、なんというんだね？」

「ヴァラキアのイシュトヴァーン」

ランがふたたび驚いたことには、イシュトヴァーンは、ためらいもせず、はっきりと答えたのだった。男はうなづいた。

「ヴァラキアのイシュトヴァーンか。いい名前だ。……それに、君にとてもよく似合っている。伝説の王の名前だな。……では私ともまんざら縁のないわけでもない。私も、伝説の王の名前をもらっているんだよ、生まれたときに」

「そ——そうなんですか……？」

答えたのはランだった。イシュトヴァーンがなんとなく、いぶかしい態度をとっているのにランは気づいていた。おのれの名前はそれほどすばやく、はっきりと名乗ったく

せに、応対などはまったくランにまかせたきり、口をきこうとはしない。だが、その黒い瞳は、奇妙なさぐるような光をたたえて、じっとこの男を見つめている。

「何歳だ。十八歳くらいか」

「もうじき、二十一になる」

また、おのれに向けられた問いにだけは、イシュトヴァーンははっきりと答えた。男はうなづいた。

「船で着いたのか。……まだ、この島に到着して、そうたっておらんだろう」

「けさ、着いたとこです」

イシュトヴァーンが何もいわずに意味ありげにじっと男を見つめているので、ランが答えた。イシュトヴァーンの答え方からみて、イシュトヴァーンがこの男にはあまり無用のかくしだてをする必要はない、と思っているらしいことが察せられたのだ。男はうなづいた。

「そうだろうな。たぶんあまりこの島のようすがわかってはおらんのだろう。あまり、このあたりを歩き回らんことだ。ことに、イシュトヴァーンか、お前のようなやつにとっては、このあたりはあまり安全なところじゃない」

「何故」

その問いはするどく、叩きつけるように発せられた。ランは思わずはっとしてイシュトヴァーンを見た。

　男はだが、顔色ひとつかえなかった。

「このへんはバンドゥの海賊たちがけっこう大手をふって歩き回る縄張り内だからだよ。かえって、ジュラムウの廓のほうが、安全なくらいだ。海賊たちにはたちのいいのも、悪いのもいろいろいる上に、いまのところ、けっこういろいろな事情があって海賊どもの動きが激しくなっているからな」

「《黒い公爵》ラドゥ・グレイが、クルドの財宝をいよいよ手に入れるために動き出す決意をかためたそうだな」

　イシュトヴァーンがいった。男はゆっくりと目をあげて、イシュトヴァーンを見た。

「誰がそんなことをいった？」

「さっき、俺を、ラドゥ・グレイへのみやげにするのにちょうどいいとかほざいて、かっさらってゆこうとして追っかけまわしやがったくそ野郎どもがさ」

　イシュトヴァーンは挑発的に云った。

「カルマとタム、とかいったかな。それに黒人のトロイと」

「《黒い公爵》はいつでもクルドの後継者を自認はしているそうだが」

　男はおだやかに云った。

「しかしクルドの財宝は呪われていて、それを手に入れるためにはおびただしい代償を支払わなければいけないという言い伝えは、たぶん本当だと思うがね。あんなものは、人のうらみと悲しみと苦しみとで作り上げられた財宝だ。本当は海の底にでも沈んでしまったほうがいいんだ――おお、外もだいぶん、静かになってきたようだ、もう安全なようだよ。そろそろ行くかね、坊やたち」

2

「イシュト……」

確かにもう、海賊どもの姿は見えなかった。どうやら、この路地にはいないと信じてそのまま先へどんどん進んでいったのだろう。

路地から首を突き出すとき、ランはひどく警戒ぎみにそーっと顔を出したが、よしとみてそっとイシュトヴァーンをさしまねいた。そして、そのまま二人は、教えてもらった抜け道を通ってまっしぐらに港のほうへ向かっていった。

「もう、このあたりにはうろうろしていないで、自分の船があるのなら今夜はまっすぐ帰ったほうがいいね。ほかにもいくつかの海賊船がいま、ジュラムウの港に入港している。そいつらが上陸してくると、ますます、石切場からこの海鳴り通りにかけては、らんちき騒ぎがはじまるだろうと思うからね」

男の忠告が、耳にこびりついていたのだ。

「こういうことは云いたくはないが――君は、海賊どもにとっては目の毒みたいなもんだろうと思うからね。……若くて、きれいで、おまけに生意気で、向うっ気が強い。もめごとにまきこんでくれと頼みながら歩いているようなものだからね。もし用がないのなら、もう上陸しないほうがいいし、するにしても昼間だけにすることだな。そして、できれば、なるべく早くジュラムウを出港することだ。ここは、ことにいまは、君には向かないと思うよ、ヴァラキアのイシュトヴァーン」

静かな、落ち着いた知的な声で述べられることばには奇妙な説得力と迫力があって、さしもの鼻っ柱の強いイシュトヴァーンも、さからうこともせずにうなづいて、男の家から送り出されたのだった。

「まあ、偶然とはいえ、君たちをかくまってあげられて、よいことをしたよ」

男は、扉から顔をのぞかせて、上品に微笑んでみせた。立ち上がると、彼は、かなり長身のイシュトヴァーンよりも、頭ひとつ大きいくらいだった。横は比較にならないほどがっしりと発達した、このあたりの黒人種特有のみごとな体格だ。

「とにかくもう、やつらに見つからないように港に出てはやばやと船に戻ることだね」

「この島は気に入らねえッ」

港に下る道を歩きながら、イシュトヴァーンは獰猛にいった。もう夜中に近いのかもしれない。だが、うしろの、盛り場のほうではまだひとの騒いでいる声らしいものがかすかに伝わってくるし、風にのってときたま、歌声のようなものもきこえてくる。港町の夜はまだたけなわ、というところらしい。

もっともこのあたりは、ひっそりとしていて、人家もしだいにまばらになっていた。もうここから先は、港に下る一本道の坂だ。

「どうも相性が悪いのかもしれねえけどな……」

「それに、時期も悪かったんだろう。やっぱり、海賊どもが、クルドの財宝をねらって動き出してるのに、ちょうどぶつかっちまったんだと思うよ」

「それはもう間違いねえさ。だが、だからって……」

イシュトヴァーンは、何を思ったのか、ぎりっとくちびるをかみしめた。そのおもてに、くやしそうな表情がうかんだ。

「くそ、《黒い公爵》め」

かれは吐き捨てるようにいった。

「どうせ動き出すなら、どうしてもうあとほんのひと月、待っちゃいられねえんだ。そうすりゃ、俺がみんなおたからをかっぱらってはいさよならだったのにな。いまからでも遅くはねえ、バンドゥに戻れよ、ってさっき、云ってやればよかったな」

「さ、さっき？　さっきって——？」

「お前は、まさか、さっき俺たちを助けてくれたのが《黒い公爵》ラドゥ・グレイその人だったんだ、っていうことに、気が付いてなかった、なんてとんちきをいう気じゃねえだろうな」

けわしくイシュトヴァーンがいった。ランは、あるいは——という気もしていたが、まだ確信はもてなかったので、大きく目を見張った。

「や、やっぱりそうなのかな。そりゃ、ただものじゃないとは思ったけど——でも……」

「あ、あいつがラドゥ・グレイだ」

きっぱりと、イシュトヴァーンは言い切った。

「ほかの誰でありようがある。あんな、迫力があって、気品があって……それでいて、見るからにすごみのあるやつなんかが、そうそうざらにいてたまるもんかッ。俺のいのちの次に大切なニギディア号をかけたってかまやしねえ。すべてを見透かすヤーンのひとつ目にかけて、やつが《黒い公爵》だ。第一、まるで闇みてえに漆黒の肌と髪の毛をしてやがったじゃねえか」

「俺も、もしかしてそうかもとは思ったんだけど……」

ランは首をふった。

「じゃあ、ラドゥが俺たちを見逃してくれたっていうのかい——いや、助けてくれたのかい。どうして、見逃してくれたんだろうな。イシュトのこと、けっこう気に入ってたみたいだったけど」

「そのせいかもしれないし、それとも、ラドゥ・グレイほどの大物になると、こまかなことはどうでもいいか——俺らみたいなザコには興味がねえのかもしれねえな。ま、いいや。おかげで助かったんだからな。とにかく、俺はいろいろ考えなくちゃならねえことがある。どうも、ことが、俺の思ってたのとは、ずいぶんと違う展開になってきそうじゃねえか」

それはまさしくそうだろうと、ランは思った。ダリアから、一応海路どおりにきたとはいうものの、かならずしも予定どおりというわけではない、南ライジアの島について、ともかくも上陸してみると、いきなり、クルドの財宝の手がかりにぶつかるし、しかも、それで喜んでいると、どうやらそれは珍しいものでもなんでもなくて、ライジアの島にきたものの五、六割がクルドの財宝を目当てのような話である。しかも、バンドゥの海賊たちが、いまさかんに動き出している、という、ありがたくないおまけつきだ。クルドの財宝を探す、というおのれの野望について、どのような展開を予想していたにせよ、こんなふうに、誰もがそれを口にしているような状況は、いかなイシュトヴァーンといえども、まったく想像もつかなかったに違いなかった。

そのあとの、港について、夜でもやっている小さなはしけを借りてニギディア号に戻るまでのあいだは、何も困ったことはおこらなかったし、また、イシュトヴァーンもほとんど口をきかなかった。何か必死に考えをめぐらせているようでもあった。ランは、その、イシュトヴァーンの考えの邪魔をしないようにつとめたので、ふたりともほとんど口をきかずに黙々とニギディア号に帰りついたのだった。

ランはそれでも、あとから追手がかかってくるのではないかとひそかにずっと気に病んでいたので、無事にニギディア号の船室におりたときには本当にほっとした。小さくてぼろぼろであっても、それがいまのところのかれらにとっての家でもあれば、唯一の城でもあったし、そして、そこにいる連中は、みな年端もゆかないとはいっても、それがいまのかれらの唯一の仲間であり、身内であり、家族であった。

「お帰りなさい」

イシュトヴァーンとランの思ったより早い帰りを、留守をあずかっていたグロウはほっとしたように迎え入れた。

「陸《おか》泊まりかと思ってたから、帰ってきてくれてほっとしたよ、イシュト」

「ああ、俺も最初はそのつもりだったが、どうもいろいろとあってな」

イシュトヴァーンも、ニギディア号に入って、口には出さないがひどくほっとしたようだ。顔色も少しなごんだ。

「おい、グロウ、いま、どのくらいが戻ってきてる。どのくらいがまだ陸《おか》の上にいる」

「ええと、上がったのは十二人で、そのうち四人、帰ってきてますから、まだあっちにいるのは八人かな」

「ということは、いま、船には」

「十九人残ってます、イシュト」

「思ったより多いな」

イシュトヴァーンはじっと考えこんだ。それから、おのれの室と決めている船長室に、火酒のつぼを持ってこさせ、しばらくひとりにしといてくれ、と命じたが、それから少しすると、イシュトヴァーンの身のまわりの世話をしている最年少のジンが、ランに、

「イシュトが呼んでます」と呼びに来た。

ランもまだ、陸上での冒険にたかぶっていたのか、おのれの、仲間たちと一緒の部屋の、自分の寝棚で横になってはみたが、まったく眠る気になれずに甲板に出て、ジュラムウの町のあかりを眺めていた。ここからみると、もうずいぶんジュラムウの町のあかりも消え始めているようにみえるが、それでもまだ、あちこちあかりがともり、ことにまとめてついているあたりは盛り場だろう。あのあたりが、あの《波乗り亭》のあった海鳴り通りだろうか、などと考えながら夜風に吹かれていたのだ。

「どうした、イシュト」

「ラン、出港するぞ」

イシュトヴァーンのことばは、手短かで、そして断固としていた。

「えッ。だって、ほかのものは」

「降りてる八人についちゃ、ひとり、そうだな、ちびすけのジンを降ろして、そいつに、ちょっとしたら迎えにくるからそれまでなんとかして食ってろって伝言させる。事情があって、いますぐどうしても出なくちゃならなくなった、もうジュラムウにいられなくなった、とな……出港許可を待っちゃいられねえ。緊急で、いますぐはしけで俺が港湾管理官のところにいって、話をしてきて、そして帰ってきしだいこの港を出る」

「そんなに、急に……朝になってからじゃあいけないのか？　朝になりゃ、もうちょっと戻ってくるやつだって……」

「待てねえ」

イシュトヴァーンの答えはまことにきっぱりとしていた。

「本当は、港湾管理官のところにいって許可を得てくる時間だって、惜しいんだ。とにかくいますぐ港を出るんだ。とにかくできるかぎり早く、だ。いますぐが駄目だと云われたら——確か港湾管理官は一晩夜通しであいてるはずだ。夜中につく船だってあるからな、夜勤があるはずだ。だから、許可を得ておいて、もしもいますぐが駄目だといわれたら朝一番で出る。とにかく明日、日が高くなるまえにはもう、ジュラムウの周辺からはフケてねえと……きっとヤバいぞ」

「ヤバいって……何が……」

「なんだかは、わからねえ。ただ、ちょっと、どうもイヤな予感がする。俺のそういう予感は……云ったことねえか、俺のこういう直感は、ドライドンの海藻の髭にかけて、はずれたためしがねえんだ。このままこの港に停泊してると、きっとまずいことになる。……《黒い公爵》の一味から、なんか接触があるかもしれねえし、ほかの海賊どもかもしれねえ。いずれにせよ、どうやら俺は、とんでもねえところに飛び込んでしまったという気がしてんだ。……あいつらは……」

イシュトヴァーンは、窓に寄って、ランを招きよせ、港のまわりに黒いひっそりと眠るすがたをみせているたくさんの船のシルエットをさし示した。

「あいつらが普通の船だと——普通の港にもやってる普通の船だと思っちゃいけねえ。あれはたぶん、半分以上、海賊の船か、海賊がらみの船だ。むろんジュラムウにもかたぎの衆はいるんだろうが、この島は——北ライジアだけじゃなく、南ライジアもかなり、レントの海賊どもの息がかかってるんだ。最初にそんなこと、疑ってりゃ、俺ももうちょっと慎重にしたんだが——もっと目立たねえなりにするなりなんなり考えたんだけどよ。情報を集めてやろうと思ってたから、ちょっと目立つなりをしちまったからな」

「うーん、目立たないなりといっても……」

すでに、イシュトヴァーン当人そのものが目立って人目をつよくひきつけるのであるから、そんなことをいっても、着るものなどのせいではないのではないかとランは思ったが、口には出さなかった。

「まあ、それで、俺もドジをやってやつらの注意をひきつけちまったかもしれねえが、しかしそれ以上に本当にいまは時期が悪そうだ。どうやら、海賊どもは定期的にクルドの財宝への情熱をもやすんだろう。そしていまは、それがわっとわきたちはじめてるとこだ。たぶん、宝探しの連中がいく組かつくと、それでクルドの伝説がいろいろ掘り起こされるし、それに、もしかして万一にも新しくきたそんな連中がまんまと宝探しに成功してかっぱらってゆかれたら、クルドのお膝元だけに、大損だ、島の海賊の恥だって気持が、バンドゥの海賊どものあいだにゃあるんだろう。だから、いくつか宝探しが続けてつくと、やつらはうごめきはじめる。……そうして、それがうごめき出してたまったただなかのとこへ、俺たちの船がついて……俺たちがクルドの宝のことをきいちまった、って寸法だ。たぶん、あの占いばばあは、あそこに巣を張って、この島にきた宝探しどもについて調べて報告する見張りの蜘蛛の役目もひきうけてやがるんだと俺は思うぞ」

「あ」

そこまでは思っていなかったので、ランは驚いて目をまるくした。

「あ、あのばあさんも?」

「かんぐりすぎかもしれねえがな。……あのばばあも、《黒い公爵》と気脈を通じてたところで、俺はちっとも驚かねえぞ。……それに、あの家がラドゥの隠れ家、いや、ジュラムウでの根城なんだったら、あのかいわいは、それこそ、ラドゥ・グレイの帝国みてえなもんじゃねえか」

「でも、なんたって、海賊なんだろう?——そんなに大手をふって、うろつきまわっていいのかな。……港湾管理官だって……それに沿海州の、海上警備隊だって、海賊にたいしては、それなりに……」

「だからさ。ここは、ライジアは海賊の島なんだ、といってんだよ」

ランのものわかりの悪さにじれたようにイシュトヴァーンはいう。

「もしかしたら、バンドゥだけじゃなく、ジュラムウも、南ライジア全体ももう、ラドゥ・グレイの息がかかってる、ラドゥ・グレイの領土みたいなものなんじゃないかという気が俺は……なんとなくしたな。そうだったところで、何がおかしいよ? あの貫禄、あの落ち着きよう、あれは、うしろぐらい、官憲に追われてるやつの態度じゃないぞ」

「それはまあ……」

「この島は海賊の島で、そうしてクルドの財宝ってのは、いってみりゃ、海賊どもの神話なんだ。そいつに、よそものが手をふれる——そうすると、ライジアの海賊どもはさっといろめきたつ。……そういうことだと俺は思う。だから、ジュラムウを出るのさ。ここにはとにかく長居しないに限る」

「それは……わかったけど、でも、イシュト、これだけは教えてくれよ」

ランはくいさがった。

「ジュラムウを出港して……それで、どうするの？　そのあと、もうライジアをはなれてダリアかイフィゲニアへでも戻るのかい？　もう、時期が悪いから、クルドの財宝は諦めるのか？　それも——それもいいかもしれないと俺は思うけど、でも、乗組員のやつらは……」

「ばか。誰が諦める、っつったよ」

イシュトヴァーンは激しくささやいた。

「そんな、大人の悪党どものもくろみなんかにさえぎられて、俺が俺の長年の夢をあきらめるとでも思うのかッ。……むしろ、そうやって、大の大人どもがよってたかっても手にできなかったクルドの財宝だと思えばこそ、いっそう燃える……ってもんじゃねえかッ。俺は、やるぞ、絶対に、ラドゥ・グレイを出し抜いて、クルドの財宝を手にいれてやる。大丈夫だ、そのあとのこともちゃんと考えてある。逃げ足にゃ、自信があるし……それに、俺はいろいろちゃんと考えたんだ。いったんヴァラキアに戻る」

「えーっ」

「たぶんもうそろそろオルニウス号も南洋航海から戻ってきてるころだ。……とりあえず、海上警備隊がしっかりしてる海域に逃げ込んでしまえば、そうそうかんたんに、このあたりみたいに海賊どももやりたいほうだいはできねえさ。それで、いったんほとぼりをさまして……それから、その財宝をうまく使って……次の段階へ進むんだ」

「待ってくれ。待ってくれよ、イシュト」

いくぶん、狼狽して、ランはいいつのった。

「それは、危険だよ。このままクルドの財宝を探し続けていりゃあ、必ず……必ず《黒い公爵》だけじゃなく、バンドゥの海賊たちとぶつかることになるだろうし、それに、もし万が一にも財宝を手にいれたとしたって……そうしたら、イシュト、こんどは俺たちが、その財宝ごと、追っかけまわされる側になるんだぜ。……おまけに、仲間だって信用できなくなるだろうし……俺たちの仲間はみんなうんと若いし……それに、俺は……」

「お前はまったく心配性だな、ラン」

イシュトヴァーンは荒々しくさえぎった。

「そんなこた、俺にまかせときゃ、いいじゃねえかよ。俺に、ついてくるのか、こねえのか？」

「ついてゆくよ、ゆくよ。それはもう約束なんだから、ついてゆくよ。そんなことは……血の誓いだってかわしたあんたのいうことなんだ、俺はいいさ。だが、ほかのやつらはそうじゃない……」

「やつらはそこまで俺に私淑しちゃいない、信じちゃいない、ということか――？」

瞬間、きらりと目を光らせて、イシュトヴァーンはいった。ランはいくぶんぎくりとした。

「いや、そうじゃなくて……」

「いや、いいさ。しょせん人間なんてそんなもんだ。しょせん烏合の衆だし……それに、一人一人、やっぱり別々の人間で、結局てめえの私利私欲のことっきゃ考えてなくて……結局てめえかわいさしかねえってことだ。そんなこた、これまでにいったい、何千回ぶっつかってきたか、わかりゃしねえさ。人間てやつは結局裏切るようにできてんだ。どんなに目をかけてやっても、どんなによくしてやっても、どんなに実をつくしてやっても、結局、いずれは、それがあだとなる。よくしてやりゃ、つけあがるし、目をかけてやりゃあ増長するし、実をつくしてやりゃあ、もっとうまい汁が吸えるはずだと、そんながっかりさせることでこたえやがる。もっと、もっと、ってやつらはいうんだ。いつだって、もっと、もっと、って。そればっかりなんだ」

「イシュト……」

「そんなこたあ、わかってる。俺がどれほど、これまでにそうやって、人間てやつに失望し、がっかりし、うんざりしてきたと思ってるんだ。まるで、世界で一番深いという、ドライドン海溝の底まで沈むみたいな気持になるぜ。もう手足に鉛をつめられたみたいに、何ひとつする気にならなくなるんだ。……だから、俺は決めたんだ。もう二度と、誰も信用しねえ、とさ。……ああ、お前だけは別だぜ、ラン」

「なんで……」

ランはほろ苦くいった。

「なんで、俺だけは別なんだ？　俺がべつである、どんなわけがあるんだ、イシュト？　俺だって……ほかのやつだって、知り合ってからの時間にはそう差があるわけじゃないだろう。俺たちはまだとても若いんだから」

「そんなもの、知り合った時間なんかじゃねえよ」

イシュトヴァーンは乱暴に答えた。

「もしお前が俺を裏切るなら、それはそんときのことだ。俺もまだ甘かったんだ——お前なら大丈夫だとふんだ俺のひとを見る目がとんだ甘ちゃんなだけだ、ってことだ。だから、べつだん、どってこともねえ。……もう、俺は、そんなことくらいじゃあ驚かねえ。むしろお前が、さいごのさいごまで一緒にいて、俺を裏切らねえで、本当に信じられるやつだったとわかったときのほうが、俺はおっかなくなっちまうかもしれねえな。俺はじゃあ、いったいお前に何を返してやったらいいんだ……それに、いま、信じられるとわかって信じてしまったら……この次に、こんどは裏切られたときに、一回信じてしまっただけにいっそう辛いんじゃねえか……いっそう傷つくんじゃねえかってさ……」

「あんたは……」

ランはなんともいえぬ悲哀のようなものにおそわれ、云わずにはいられなかった。

「あんたは、本当に、ずいぶんとつらいめにあってきたんだねえ、イシュト。……なんだかあんたをみてると、いったいどんな目にあって、それでこんなにひとを信じなくなったんだろう、それでいて信じたくてたまらないみたいに見えるんだろうって、考えてしまわずにいられないよ。……いったい、どういう生まれをして、どういう経験をしてくれれば、そんなふうに……たった十九や二十でそんなふうに思うようになるんだろうって。あんたを見てると、俺は、なんだか、自分がもうえらい年寄りになったような気のすることもあれば、おそろしく若い、赤ん坊みたいな気にさせられることもあってさ……」

「チチアの酒場女の私生児に生まれて、六歳から戦場稼ぎをやり、十一歳でコロふりになって、そうしてチチアでこの身ひとつであらかせぎをして生きてくりゃあ、そうもなるのさ」

イシュトヴァーンは乱暴に答えた。

「俺は生きてゆくために、そうならなきゃ、しょうがなかったし、だから俺はそうなった。……そのことを、後悔もしてなけりゃ、恥じてもいねえぞ。俺は、いまに必ず自分だけの王国を手にいれる。何もかもそのための足がかりなんだ。ニギディア号も、クルドの財宝も。……ここでなら、絶対に寝首をかかれねえ、安心して寝られる、っていう自分だけの城を、帝国を作り上げるまでは……俺は、絶対に……情けもかけねえし、ひとも信じねえし……それに……」

ずるそうにランをみて、イシュトヴァーンは付け加えた。

「だが、お前だけは別だぜ、ラン。なんたって、義兄弟なんだものな」

「あんたがそういうと、なんだか俺はむしょうに哀しくなるよ」

ランはつぶやくようにいった。だが、おそらくその声はイシュトヴァーンには聞こえなかったかもしれない。

「なんで、この船がニギディア号っていうのか……話したこと、あったよな」

「ああ……確か、ノルンの海からきたタルーアンのヴァイキングの……」

「いい女だったぜ。ニギディアは」

イシュトヴァーンは遠くをみるようにつぶやいた。

「ヴァイキング船の守り姫だったんだ。おしげもなく、助け上げた俺を愛してくれた——だが、惚れた男のあだうちのために、レントの海の彼方まで怪物クラーケンを追っていって、それで死んじまったけどな。なんだか、死んじまったものだけだな、俺が懐かしいと心から思うのは」

(それは……だが、それはあまりにもさびしすぎる考えかただよ、イシュト)

ランは思った。だが、それを口に出す気にはなれなかった。口に出したら、あまりにイシュトヴァーンを傷つけてしまうような気がして、言えなかったのだ。窓の外にちゃぷん、ちゃぷんと波が打ち寄せる。はるか彼方は、見慣れぬ南の港の、これだけはかわりようもないきららかに青ざめた夜光虫の海だった。

3

「見えたッ……」

帆柱の上から、バールの絶叫がふってきた。

「とんがり岬だあー」

ニギディア号は、結局、その夜のうちの出港許可は下りず、朝一番の許可を得てただちに、八人の積み残しをジュラムウに残したまま、ジュラムウの港を出たのだった。いや、あとで迎えにくる、というイシュトヴァーンの伝言を伝えるために陸にあがった、最年少のジンが加わったので、じっさいにはジュラムウに残されたのは九人だった。

ニギディア号は小型であるから、少年たちだけであっても、じっさいには、順調に風にのっているかぎりは十一、二人もいれば、あまり問題なく船を操作することができる。それでも、二十七人いた乗員が、九人減って十八人になってしまったのは、かなり寂しかった。

だが、出帆した乗員たちのほうはそれどころではない。イシュトヴァーンが、詳しい事情までは説明しなかったが、クルドの財宝がらみで、急がなくてはこちらの安否にかかわるかもしれぬ、切迫した事態になってしまったのだ、とおどしたので、少年たちはかなり不安になってしまっていた。

「デュラが陸に残っちまったのは痛かったな。あいつはコールが、自分の代理ができるよう仕込んでた、操舵手の助手だったのにな。……ジュークがかわりにジュラムウに残ればこっちも助かったんだが。やつは不平屋のくせに——いや、不平屋だからかな、臆病者だもんだから、とっとと船に戻ってきちまいやがった」

ひそかに、イシュトヴァーンはランにいったが、それはもういったところでしかたがなかった。

「いいか、とにかく、一刻もはやく、このあたりの海域を離れるんだ。だがそのまえにむろん、クルドの財宝は手に入れる。何がどうでも、クルドの財宝を手にいれてこのあたりからずらかるんだ。……いいか、これからは、いままでとはまったくちがうと思って俺の命令に従えよ。それによってお前たちのいのちが助かるか、助からんかの違いが出てくるかもしれないからな」

イシュトヴァーンは容赦なく少年たちを脅しあげた。

「とにかくまず、とんがり岬のちょっと先の、タンデの町に少数が上陸して、さいごの情報を得てくる。……そうして、それをもとに、いよいよ宝島にむかって出発するんだ！」

「宝島にむかって……」

そのことばには、少年たちを海の彼方にかりたてる、魔法のようなひびきが含まれていた。ニギディア号のへさきの甲板に立ってそう叫んでいるイシュトヴァーンは、なんだかまるであの伝説の、町の子供たちをみな連れていってしまった《笛吹き》アガリオンのようだとひそかにランは考えた。だが、この《笛吹き》は、かれ自身がまだとても若く、そうして、連れ去られる子供の側であっても不思議のないようなつるつるした顔をして、目をあてもない冒険への熱情に燃え上がらせているのだったが。

「だが、充分に気をつけろよ。……タンデの町は北ライジアにある。……南とちがって、北ライジアは、もろに海賊どもの島だという評判だ。うかつにさわぎをおこすと、こんどはいのちにかかわるかもしれねえからな。タンデで、俺とランとあと二人くらいだけ上陸するが、それはとにかく情報を得るためだけだ。上陸できなかったといって、文句をいうんじゃねえぞ」

「ようそろ」

少年たちは大声をあげた。かれらのほとんどにとっては、イシュトヴァーンとこのニギディア号で一年にも及ぶ船の旅にでていることは、長い夏の休みのつづきのようなものであった。なかには親たちにも無断で、船に乗ってふるさとをはなれてしまったものもいる。ダリアを出てから、しばらく陸についていなくて、船のなかにはいろいろ不平の声や、イシュトヴァーンの計画についての疑問の声もあがっていたが、逆にそれは、ライジアについて、いろいろな騒ぎが持ち上がったことで、いったんおさまってしまっていた。むろん、上陸するのを楽しみにしていて、二番手の組だったのでライジアでまったく上陸できずじまいだったことをがっかりしているものもいはしたのだが、しかし、ジュラムウでのあれこれで、まぼろしの宝島がぐっと近くに近づいてきた感じ、また、冒険が身のまわりに近づいてきた感じが、また、長いあてもない航海にだれかけていた少年たちの気持をふるいおこさせ、最初にイシュトヴァーンのことばに踊らされて船にのりこんだときと同じような、新鮮なたかぶりをよみがえらせていたのだ。

「よし、タンデへは、ボートをおろしてこいでゆく。港に入るまでもねえ……そうだな、とんがり岬のこっち側に船をとめておきゃ、町からは見えねえし……」

イシュトヴァーンは、港湾管理官から手にいれておいた、ライジア周辺の海図をひろげながら、しきりといろいろ計画を練っていた。

「上陸組は……俺とランと、あと……そうだな、グロウとサロウ、ついてこい。それに、そうだな、連絡係が必要だな。コランも一緒にこい。お前は確か足が速かったな」

「やった！　上陸《あが》れるんだね、イシュト」

上陸組に指名された三人はおどりあがって喜んだ。ことにグロウとサロウの兄弟は、ジュラムウでは一歩も陸にあがれていない分、ひどく嬉しそうであった。

「今度はだが、もしかしたら本当にやばいことになるかもしれねえ上陸だ。……ちゃんと武装して、気構えもしゃんとしてついてこいよ。ジュラムウの港にあがって、羽根をのばすのとはわけが違うぜ」

イシュトヴァーンは叱咤激励した。

ニギディア号は、タンデの町からは見えない、小島のかげにひっそりといかりをおろした。ここでは、港湾管理官の許可を得る必要もない。タンデは港町ではなく、浜辺からちょっと内陸に入ったところにある、小さな田舎町なのだ。山あいに人家らしいものはいくつか見えていたが、それはあまり多くはなく、ジュラムウのにぎわいとさえも比べようはない。だが、同じライジア列島のかたわれの、南ライジアに一番近いところであるから、ジュラムウを出港してから、ものの半日くらいで、かれらはとんがり岬にたどりついたのだった。風もきわめて順調だ。

イシュトヴァーンは、かじとりのコールにニギディア号をまかせ、小舟をおろさせた。ジュラムウに入港したとき、最初に水、食物、薬などいろいろと必要なものを買いととのえて、船に運びこませる作業はすませてあるから、また当分、船旅に不自由する心配だけはなくなっている。そのへんは、一年以上の航海で馴れて、少年たちばかりの若い船といえども、ずいぶんとベテランらしくもなっているのだ。

グロウとサロウのダリアの兄弟が、十人乗りの小舟のかいをとってこぎ、ランとイシュトヴァーン、それにコランの三人がともに座った。南国の海はあくまでもとろりと青く、しずかである。この海が荒れることがあるなど、信じられないとでもいいたくなるようななめらかさで、くっきりと入り江の緑の山々が海面に影をおとしている。

「できれば、見知らぬ山道を夜、歩いて往復するのはごめんだからな」

イシュトヴァーンは、いつ上陸するかの決断でけっこう迷ったのだった。

「けど、とにかくなるべく早くこの水域からは出なくちゃならないし……しょうがねえな。とにかく、タンデで一泊するかもしれねえが、それでもあした朝一番で船に戻るから、戻り次第出港できるよう、準備しといてくれ」

その命令を下しておいて、上陸組は小舟のボートの人となったのだった。イシュトヴァーンはこんどは、暑さにもめげずに皮の胴着をしっかり着込み、背中に長剣を背負い、短いマントをつけて、かなりはっきりと武装していた。皮の胴着はつよく、刃をふせぐ効果があるので、海賊たちのあいだではもっとも一般的に使われている日常の武装着である。ランも、胴着までは着なかったが、麻のシャツの上に愛用の皮のベストをつけて、やはり腰にはちゃんと短剣をさした。グロウ兄弟もコランも、身軽に動ける服装に、やはり剣を持っている。かれら三人は携帯食料と水を少しづつ、わけもってボートに持っていた。

一ザンほど交替でこいで、ボートはタンデの南浜、とイシュトヴァーンの持っている地図に名前の入っている遠浅の砂浜についた。ここはべつだん、ちゃんとした港にもなっていないし、それでそのままに放置されているらしい。ざくりとボートのへさきが砂浜にめりこむと、イシュトヴァーンは身軽にまっさきにとびおり、ボートが万一にも流れていってしまうことのないよう、四人に完全にボートをひきあげさせ、岩陰に隠させた。もってきた食料と水をとりだして背中に背負う。それですっかり準備がととのった。かれらは一歩歩くたびに足が砂のなかにめりこむ、歩きにくいやわらかい白砂の砂浜を横切って、林のあいだにのびている一本道に入っていった。それも地図のとおりである。

どこで誰がきいているかもわからない、とイシュトヴァーンが警戒させたので、かれらは無駄口もほとんどきかず、かなりの急ぎ足でどんどん歩いて島の内部に分け入っていった。それに、この、まったくようすのわからない上に海賊の本拠地になっているという北ライジアの島で、ようすもわからない森のなかで夜をむかえるのはかれらにせよごめんだったのだ。とにかく、日のあるうちになんとしてでもタンデの町に入っておかなくてはならない、ということは、かれらはみなとても身にしみてわかっていた。

この砂浜は、イシュトヴァーンがわざわざ地図をみて選んでおいた、とんがり岬のさびれたほうの側であった。反対側は一応小さいながらも漁港になっていて、タンデの町に続いている漁村があり、そこから南ライジアの島へわたし船が出ているのだ。最初は、イシュトヴァーンは、ジュラムウから、陸路でそこへたどりつき、渡し船でタンデにゆくつもりだったのだった。

だが、とんがり岬のこちら側はほとんど人家もない。そして、道はどんどん山深いほうへ入ってゆく。それでも、仲間が五人もいるので、少年たちはさほど不安も感じずにすんでいた。当人はどう思っているかは知らず、イシュトヴァーンがいる、というのも、ほかの少年たちをはげます力にはなっていただろう。

道はどんどん坂道になり、山のなかに分け入っていた。人家もないし、集落もない。また、あたりの森は、沿海州の出身のものが多いかれらにはあまり見慣れぬ、熱帯の広葉樹林だ。サル《キクイ》が梢の奥からけげんそうにさかさにぶらさがってこちらを見ていたり、「キイキイ」とするどい鳴き声をたてて、極彩色の鳥が枝から飛び立ってあたりをざわつかせたりする。南の森は、生命と、そしてさわがしい活気にみちあふれている。

その分、あやしげな生物も多いのだろう。ライジアについては、まだもっと南のゴアほどは南洋そのものではないが、しかし充分に南洋の島である。奥地に入れば、まったく文明と出会ったことのない、このあたり特有の——レントの島々に太古からかわらぬ生活をいとなんでいる、《古レント民族》とよばれる連中がひっそりと、人目につかぬよう森のなかで暮らしている、といわれる。いま、ライジアで中心となって生活している黒人種たちは大半が、実はゴアからの移民だったり、もっと遠くランダーギアから船にのって、新天地を求めてやってきたものたちなのだ、という説もあるのだ。

もっともそんな話には、イシュトヴァーンもランもたいして興味もない。それよりも、イシュトヴァーンの興味はひたすら、タンデの町と、そこで出会うはずのクルドの部下のさいごの生き残り、ベロ老人の上にあるし、そしてランは、ずっと、あれやこれやとイシュトヴァーンのことばかり考え続けていた。

息をきらして歩きながらも、からだが歩くリズムにおのずと適応してくると、すぐに頭は、イシュトヴァーンのことをあれやこれやと考えはじめてしまうのだ。もう、いい加減にしようと思っても、すぐにまた、気が付くとイシュトヴァーンのことを考えている。

(ジュラムウの路地の家であったのは、本当に《黒い公爵》ラドゥ・グレイだったんだろうか……？)

それも、ひっきりなしに頭にのぼってくる想念であった。

かれらは無口に峠道をのぼりつめた。元気盛りの若い男の子たちである。途中で、一回休んでちょっと持ってきた食料で食事にしたが、日が落ちるのをおそれて、それほど長く休みもとらずにすぐまた歩き始めた。絶対に、道を間違いようもない、一本道が山のなかを続いているらしいのがありがたい。それでも、イシュトヴァーンは道に迷うことをひどくおそれていたので、夕暮れ前になって、明らかにタンデの町らしい集落の白い石づくりの屋根屋根が、緑濃い木々のあいだに見えはじめてきたときには、内心小躍りしたいような気持であった。

「ほら、タンデの町だ」

だが、彼は、彼なりにいろいろと思うところがあったので、むしろ重々しく指さして云っただけだった。

「気をつけろよ。いよいよ、危険が近づいてきたからな。気持をひきしめてかかるんだ、いいな」

タンデは、人口でいえばおそらく二千前後なのではあるまいかと思われる、小さな、小さな町であった。

いや、もしかしたらそんなにもないかもしれない。町というのは名ばかり、集落とか、村とかいったほうがふさわしいようなところだ。だが、このあたりの建物の例にもれず、白い砂岩を切り出して、四角く切ったものを積み上げて、四角い家々を作り、それが山の中腹にはりついたように段々になっている光景は、遠くからみるとなかなか美しい。緑の色も濃い熱帯のジャングルを背景に、白い四角な家々がはりついて、かさなりあっているさま、そのなかに一つ二つだけ尖塔が見えているさまは、沿海州の、ひらけた、町並みが続いている都会では決してみることのできない、エキゾチックな、いかにも南方らしいあやしい風景である。そして、真紅の巨大な花、真っ黄色の巨大な花、派手なボタン色の葉に赤いつぶつぶのような実をつけた植物など、このあたりは花々もみんなどこかけばけばしく極彩色だ。

「こないだみたいな目にはもうあいたくねえ。まずは、用心しながら偵察といこうぜ」

日没になる前にタンデにたどりつけたことに、イシュトヴァーンはひどくほっとしていたが、しかし一方では、それでさらに気持をひきしめていた。それに、タンデは見るからに小さな集落で、そのような集落こそ、かれらのように、はっきりとライジアの島のものでない、よそものだ、とわかる少年たちがどやどやと突然押し掛けてきたら、ひどく警戒するだろう。

クルドの部下の生き残りだという、ベロじいさんがひっそりと、百歳にもなって暮らしているという町だったが、だとすると、それをめあてに、けっこうこれまでも、宝探しの連中がこの町にやってきてもいるはずだ。

「俺が心配してるのは、ジュラムウと同じように……いや、ここは北ライジアなんだからもっとありうると思うんだが、タンデの連中が、バンドゥの海賊と気脈を通じていて、こういう宝探しがベロじいさんをたずねてきたよ、とすぐに海賊どもの本拠にむけてご注進が走ることなんだ」

ほかの三人をちょっとはなれたところに待たせておき、作戦会議だといってランだけを近くに呼び寄せたイシュトヴァーンは、だんだん暮れてくるタンデの町をみはるかす山道に立ちながら、ほかのものにきこえぬよう低い声でいった。

「とにかく、ベロじいさんのところにゆけばなんかのかたちで、俺たちがこう動いてるってのは、たぶんラドゥ・グレイだの、ほかのやつらにも知られてしまうことになるだろう。それはしかたがねえ。だからとにかく、俺としちゃあ、いったんベロじいさんから引き出せるだけの情報を得たら、すぐにナントにむかうわけじゃなく、いったんとにかくライジアからはなれて、《黒い公爵》一味のほとぼりがさめるのを待とうと思ってるんだけどな」

「それは、すごくいいことだと思う」

それをきいて思わずほっとしてランはいった。

「思ったよりあんたが慎重で嬉しいよ。俺、あんたが、べロじいさんから情報をききだしたら、すぐに、トリばばあからきいたナントの島にむかって突進するつもりかと思ってすごく心配してた」

「ばかやろう、俺はそれほど進むことしか知らねえ《ランダーギアの一本角サイ《ドランドラン》》じゃねえや」

イシュトヴァーンは鼻でわらった。

「だが、ベロじいのことだけは早く決着つけねえと……だって、もう百歳こえてるっていってただろ。だったら、これでいったん俺たちがこの海域から手をひいて、また次の機会をなんていってるあいだに、くたばらねえと思うほうがおかしい。だからとにかく、これだけはどうしてもやっとかねえとな……でも、それから、きくことだけ聞き出してしまえば、逆に――ほかのもう前にきいてるやつらはともかくとして、それからあとはもう、ベロじじいから情報を引き出せるやつはいなくなるってわけで、こいつはとってもいいことじゃねえか。……だから、むしろ、ベロじじいから話さえ聞いちまえば、あとは急ぐ必要はねえんだよ。俺はなあ、場合によっては、カメロンでも、仲間に引っ張り込んで、うしろだてになってもらってもいいかなとさえ思ってるんだ。カメロンなら、裏切る気遣いはねえからな」

「あんたは、よほど、そのカメロン提督のことは好きなんだね、イシュト」

いくぶん気になって、ランはいった。

「いつもあれほど、誰も信じないっていってるけど、そのカメロン提督のことは信じてるんだな」

「信じてやしねえよ！　けど、やつは俺にべた惚れだからさ！　それって、一番、信用できる絆じゃねえか。俺に惚れてる、ってのがさ。そうであるかぎり、欲しいものがあるかぎり、つまりやつが俺のからだを目当てであるかぎり、やつは俺を裏切らねえよ、そうだろう」

「………」

その考えかたは、どうもどこかに何か落とし穴があるような気がしたが、ランはそれについては何もいわずにとどめておくことにした。イシュトヴァーンの考え方にはどうも、ランにはどこがどうと指摘できないにせよ妙に危険をはらんだものや、あやういもの、またどう考えても間違っているはずだ、と思えるものなどもときたまあったのだが、それは、ランには、あえて注意したり、言い合いになったりして、イシュトヴァーンの機嫌を損じる理由もないようなものだったのである。

「イシュト、そろそろ日が暮れるぜ」

グロウが注意した。グロウはダリアの三人兄弟の長男で、もう十七になっていたので、かなりおのれが大人であると思っている。

「わかってる」

イシュトヴァーンはうなづいた。

「よし、心がきまった。……いいか、こっち側からは、ふつうタンデの町に入るやつはいねえはずなんだ。みんな、逆の……西側から入ってくるんだと思う。だから、町のまわりを迂回して、ごくふつうの旅人——定期船の渡し船で南からきた一行だ、というふれこみで、今夜の宿を探す。……なるべく、もめごとにもならず、目立たないようなことをな。そのあとは、そのあとだ。ついてこい」

というわけで、かれらは、タンデの町なかに入るべく、山をこんどは下り、それから
タンデの町の外側をまいている細い道をぬけていって、反対側に出たのだった。でこぼ
この入り江になっていて、そちらは漁港になっているタンデの西側は、かれらが出てき
た東側にくらべればずいぶんとにぎやかで、そちらからみると、タンデの町ももうちょ
っとはさかえているように見える。そもそも、東側は山を背中にしょいこみ、そして西
側が入り江に面してひろがっているのが、タンデの町の構成なのだ。

このへんならいいだろうというあたりから、タンデの町中に入り込んでゆくと、最初
は、例によってつきさすような警戒や好奇の目が集中するのをかれらは感じたが、しか
し、東側から入ってきたときそうであっただろうのの半分もそれは強くはなかった。な
んといってもそこは漁港で、いろいろな船が出入りするのだ。外国人にも馴れている。

ジュラムウがとてつもなく大きな港に見えるくらい、小さな港町ではあったが、それ
も港町の一種には違いなかった。もっともタンデが直接に港に面しているわけではなく
て、タンデから地続きにひろがっている小さな漁村に入り江があって、それがちっぽけ
な漁港になっているのだ。

だが、その港で水揚げされた魚などは、すぐに定期便で南ライジアに運ばれるものの
ほかは、タンデの町に運ばれて加工されるのだ、というのが、イシュトヴァーンがジュ
ラムウの港湾管理官から仕入れたにわかごしらえの知識だった。その商人たちも往復す

るから、その小さな、シムサの漁港からタンデの町までの街道は短いながらちゃんと整備されているし、シムサにはほとんど宿だの、食堂だのもないので、船できたものは、タンデまできて逗留する、ということもだ。イシュトヴァーンは、すっかり暮れてしまったタンデの町に入ると、ランを走らせ、その一夜の泊まりをする、木賃宿を探させた。そして、そこに、いったん落ち着いてから、いよいよ、こういう木賃宿の恒例になっているように、一階の食堂で、夕食をしたためながら、宿の給仕女にさりげなくベロじじいの話を切りだしてみた。

「あら、あんたもなの」

というのが、給仕女のそっけない答えであった。

「このところまた、ずいぶん多いわねえ、ベロじいさんをたずねてくる人が！　そうか、クルドが死んでからそろそろ百年になるというから、みんなもう呪いがとけたのじゃないかと思ってるのかな。あんたはすてきだし、銅貨をはずんでもらったから教えるけど、本当はあんなとこ、近づかないほうがいいよ。ベロじいさんそのものはべつだん、何のわるいこともないおとなしいおいぼれだけど、あそこにゃしょっちゅういろんなやつらが出入りするからね。……まあいい、ベロじいさんは、タンデからちょっと降りていって、シムサまではゆかない、タンデとシムサのちょうどあいだの、海に流れこむしおどき川がふたつにわかれるあたりにちっぽけな小屋をたてて住んでるわよ。もう、百年近くもね！　いや、あたしゃ知らない、みんながそういうだけのこったけど」

「ありがとうよ」

イシュトヴァーンは礼をいって、そまつな宿の夕食を食べ終え、二階のかれらにあてがわれた大部屋に戻っていった。むろん連れたちも同じであった。

「よし……ラン」

そのタンデの木賃宿は、漁のシーズンではないせいか、ひどくしずかで、ほかの客は全然いなかった。だから、本来は二十人部屋くらいの大部屋だったのだが、かれら五人だけでのうのうすることができた。この当時の旅館はたとえ南方でも北方でもあるていど同じで、一階が食堂として酒や料理をあきない、二階にあがって大部屋の寝台をかりてやすみ、そうして、夜の出入りは外の階段で直接にできる。もっとも、金をはらわずにそこから抜け出すことができぬよう、あらかじめ荷物は宿屋があずかってしまうのだが。何もなければ財布を預かられたり、また何か質をおかなくては、泊まることができないのである。

「今夜だ。行くぞ」

イシュトヴァーンはささやいた。

「今夜、夜更けになって宿のやつが寝静まったら、ベロじじいの家にゆく。起きてろよ、いいな。なんなら、自信がなきゃ、いまのうちに寝とけ。俺が起こしてやる」

4

イシュトヴァーンは、ひどく急いでいた。

なにか、切迫したものにかりたてられるように、かれじしんは寝台に横になってもまったく眠ることもなく、じっと宙に目をすえていたが、ようやく一段落して宿屋全体が静かになってしまうのを待ちかねたようにランを起こした。ランもうとうとしている程度だったので、イシュトヴァーンの手がおのれにふれるなり、さっと目ざめて起きあがった。

「よし、じゃあ、グロウ、サロウ、コラン、いってくるからな。夜のうちに戻るが、もしも夜明けになっても戻らなければ、さきに宿の払いをすませて、あのタンデの東はずれからの一本道で、きたときと同じ道をたどってあの浜のボートのとこまで戻るんだ。俺たちも、そうなったらもう宿には戻らずにまっすぐそっちへゆく。そしてボートのとこで俺たちを待ってろ。さきに船へは戻るんじゃねえぞ、いいな」

いいわたしておいて、イシュトヴァーンは、ランひとりをつれて宿を抜け出した。二階から外の階段をおり、もうかなり夜のふけてきたタンデの町に出る。ジュラムウの町よりかなり小さいだけに、あかりも消えてひっそりと寝静まっている。遠くで、夜通し潮騒がきこえてくるのは、海にかこまれた島国特有だ。それは、沿海州の子らであるかれらには、またとないほどに懐かしいものでもあるのだ。

「しおどき川がふたつにわかれるあたり、といったな。……ふん、こいつがしおどき川ってわけだな」

いわれたとおりに、町を海のほうへ下ってゆくと、潮のにおいを漂わせる川があった。淡水の川ではないらしい。細い、幅がほんの二タールばかりの、小川に毛のはえたような川だ。海鳥たちが、岸辺の草のあいだに黒くかたまって眠っている。そのあたりはまた、ちょうど人家のとぎれるところで、ひっそりとしている。

イシュトヴァーンは、宿であらかじめ、「夜、遊びに出るから」とことわって——給仕女はどうせイシュトヴァーンの魂胆など、わかってしまっていたかもしれなかったが——かんてらを借りてあった。それに火をともし、ランとふたり、肩をよせあうようにして、夜道をいそいだ。空をあおぐと、見慣れぬ南方の星座、ふるような星々である。ざざん、ざざんと遠くの海の潮騒がかすかに通奏低音となって響いている。しずかな夜だ。

道を歩いているものなどはまったくなかった。川にそって下ればよいのなら、道を見失うおそれがない。イシュトヴァーンとランは、互いを見失わないよう、手をつなぎあって、川にそって下っていった。

やがて、小半刻も歩いたころか、イシュトヴァーンが低く声をあげた。

「あった！」

「イリスの白いヴェールにかけて、あいつがそれでなけりゃあ、俺は……」

ちょうどその川がふたまたにわかれているようになって、そこに、このあたりではよく見る、きわめて濃い緑の葉がよくしげっている大きな木が生えている。その木の下に、給仕女がいったとおり、ひっそりと、いかにもそまつな小屋があった。

ほかの家々は白い石を切り出して作ってあるが、このほったて小屋は、竹や籐をあんで作った沿海州のほったて小屋と同じ作りになっている。土台の柱何本かで、川の上に半分張り出した作りになっていて、そして窓にはうすい布を張ってあるが、そこからほのかにあかりがもれているところからみて、まだひとがそのほったて小屋のなかで暮らしているのだ。

「ついてこい。ラン」

イシュトヴァーンはすばやい身ごなしで、その小屋に近寄っていった。ランが続く。

「ちょっとここで待ってろ」

イシュトヴァーンは、ランにかんてらを渡し、それをふっと吹き消した。たちまちあたりが濃い闇につつまれる。

「動くなよ。俺が呼ぶまで、動くな。あたりはけっこうすぐに川だ、足をすべらせるとやばい。俺が呼んだらすぐかんてらをつけられるよう用意して待ってろ」

云っておいて、イシュトヴァーンは、小屋のおもてにまわっていった。窓に近づいてゆき、うすものの布をそっともちあげて中をのぞきこんでようすをみる。

が、急にそのおもてがひきしまった。

「こいつは……」

つぶやくなり、イシュトヴァーンは、もう、何の慎重さもかなぐりすてて、小屋のなかに飛び込んでいった。ランは心配しながら見ていたが、イシュトヴァーンに云われたとおり、動かずにいた。

イシュトヴァーンは小屋に飛び込んでいった。かれの見たものは、驚くべきものであった。

窓からのぞきこんだこの小屋のなかは、あの、イシュトヴァーンがラドゥ・グレイだと確信した謎めいた男の隠れ家と同じような、籐編みの寝台に籐のついたて、そしてこちらに、これはそまつな木のテーブルとイスに、大きな籐のつづら、といった、沿海州特有のつくりになっている。

その、床の上に、一人の老人が倒れているのを、イシュトヴァーンは見たのだった。

「畜生、先回りされたのか」

イシュトヴァーンは小屋に飛び込んでゆくと——誰も隠れて待ち伏せてないのは一応慎重になって確かめたが——床に膝をついて、老人をかかえあげた。

「おい、ベロじじい。お前、ベロじじいだろう。しっかりするんだ。どうした、誰にやられた」

床に倒れているのは、とてつもない高齢であることが、ひと目でわかる老人であった。あまりに年老いているので、黒い肌も、灰色がかってしまっている。髪の毛はもうすっかりなくなり、その頭の地肌も灰色がかっていた。しわくちゃで、やせ細っていて、手足が長い。

その、胸に、残酷にも、南方の、つばつき短剣が、ふかぶかと差し込まれていた。老人は白っぽい長い胴衣のようなものを着ていた。その胸の部分にどす黒い血のしみがひろがり、床の上にも、血のたまりが出来ていた。

「おい。ベロじいさん」

「やりやがった」

ベロじじいは、まだ息があった。

「やりやがった。……やつらが、やりやがった……」

ベロじじいは、ヒューヒューと息のもれる声でうめいた。百歳をこえる老人だというのに、驚異的な生命力だった。いや、そのような生命力があったからこそ、百歳をこえる年まで生きたのかもしれぬ。

「いまになって、口封じとは……なんて、あこぎなことを……ラドゥにいってくれ……頼む、ラドゥに……」

「ラドゥって、ラドゥ・グレイか。やったのはラドゥか。なんていえばいいんだ。やつに」

「ヴーズーの呪いは……時間で……とける……そのほかの……方法ではとけねえだ。そう……ラドゥに伝えてくれ、かたきを……かたきを……」

「ヴーズーの呪いは時間でとける……」

イシュトヴァーンは激しくおのれの頭のなかに、そのことばを叩きこみながら、老人を抱き起こした。

「水。水をくれ……」

「飲まないほうがいいと思うけど……」

いったが、イシュトヴァーンは、あたりを見回し、壁のところにあった水ガメから、ひしゃくで水をくんできて、老人の唇をしめしてやった。

「あ……有難うよ……やつらは、わしがもう……誰にも、ナントの島の秘密を……話せないよう……この年になって、こんな……こんな死に方をするとは……これも、きっと、クルドの呪い……いや、ハリ・エン・センの呪いだ……」

「なんだ、それ……ナントの島の秘密ってなんだ、じじい、俺にも教えてくれ。ナントの島の秘密って何なんだ」

「クルドの財宝は……ヴーズーの魔道師……ハリ・エン・センが呼び出した……クラルモンと……カルホンによって……守られてる……だがそれは……本当の存在じゃないのだ……わしはきいたんだ。わしはハリにきいた……あれは……異次元から呼び寄せた……魔物で……だから、クラーケンの……」

「クラーケンだと」

イシュトヴァーンは叫んだ。それからあわてて声をおとした。

「クラーケンだと。クラーケンがどうしたっていうんだ。ベロじいさん、頼む。教えてくれ」

「クラーケンをたおすのと……同じ方法で……やつらは……やつらはクラーケンの仲間だ……そのままにしとくと……ナントの島が危ない……だから、なんとか異次元の扉をとじてくれと……ハリはさいごにわしに……いいにきたのだ……夢枕で……だからわしは、ラドゥに……クルドの財宝を……もうナントから解放してやってくれと……」

「あんたのいうことはもうひとつわからねえ。あんたを殺ったのは誰だ。誰なんだ」

「裏切り者……」

ぜいぜいと老人はいった。その目は見開かれていたが、すっかり白くにごっており、何もうつしてはいなかった。老人がもう、かなり前から失明していたらしいことに、イシュトヴァーンは気が付いた。

「裏切り者に気を付けろと……そうして、クラーケンを……南の海から……はるかな……やつらの世界へ……ナントの島があの化物どもから……解放されるとき……クルドの財宝もまた……解放され、そのとき、あそこに呪縛されていた……わしの仲間たちは……やっと、ドールの黄泉に……」

「もうちょっと、頼む、じいさん、もうちょっとだけ生きててくれ。もうちょっとわかるようにしゃべってくれ」

イシュトヴァーンは必死にささやいて、ぐいぐいと老人をゆさぶった。

老人は灰色の顔でかすかにうめいた。急速に生命がそのからだから流れだし、百歳をこえる老人のいのちは、急激に燃え尽きようとしているようだった。

「黒い山に気を付けるんだ……それから、裏切り者は……赤い……」

はたり、と老人の手が床におちた。懸命にもちあげて、何かをさししめそうとしていたのだ。

「おい。じいさん。ベロじいさん」

イシュトヴァーンは呼んだ。それから、すっかり息絶えたことを知って、そっとベロ老人のからだを、床の上におろした。

「なんてこった……」

イシュトヴァーンは、胸のところに血をこびりつかせて、息絶えているベロ老人を見下ろしながら、じっとくちびるをかんで、猛烈な勢いで考えふけっていた。頭のなかは、いま、はからずも死に際の老人から得たわけのわからぬ情報がぐるぐるとかけまわっていた。

（クラーケン……クラーケンだと……なんだと、なんでここでクラーケンが出てくるんだ……やつは――やつはもう、あの名もわからねえ島で死んだはずだ……はるかな南の氷のなかの……）

（ヴーズーの魔道師だと……裏切り者に気を付けろだと……ナントの島が解放されるとき、クルドの財宝も……）

ひとつひとつのことばに、なにかきわめて大きな秘密が隠されている、ということはイシュトヴァーンにもはっきりとわかる。

だが、それをどう解釈してよいかわからず、イシュトヴァーンはまたくちびるをかんだ。

とたんに――

小さな、だがおそろしい悲鳴がおこった。

はっとなって戸口をみたイシュトヴァーンは、そこに立って、両手を口にあてて立ちすくむ黒人の女をみた。その女が、かかえていたのを、手をはなしてしまったらしく、床のところに、煮物かなにかをいれた素焼きの壺と椀、夕食の支度とおぼしきものをのせた盆が散乱してゆくところだった。

「おじいさんが――おじいさんが！」

女は金切り声をあげた。

「ひ、人殺し。人殺し」

「ばっ……」

イシュトヴァーンは仰天して突っ立った。女は悲鳴をあげた。

「ベロじいさんを殺した！　ベロじいさんが殺されたぁぁぁ！　だれかきて、だれかきてぇぇ！」

「冗談じゃねえッ！　お、俺がやったんじゃねえぞッ！」

イシュトヴァーンは叫んだが、女は目をつりあげたまま、「人殺し、人殺し」と叫びながら、外にまろび出ようとしてころび、そのまま這ってもがきながら逃げようと目もあてられない大さわぎをはじめた。

「ちぃッ！」

イシュトヴァーンはそのまま飛びだそうとしたが、ふいにその目が、奇妙なものの上にとまった。寝台の頭板のところに、小さな戸棚があって、それが、いまのさわぎでぱかっとあいて、そのなかから、きらきら光るものが見える。イシュトヴァーンは何も考えるひまもなく、直感的に行動した。ひと足でベロじいさんの死体をまたぎこえて寝台のところに近づき、その光るものをひっつかんでかくしにさらいこみ、そのまま、また死体をまたぎこえて小屋を飛び出したのだ。

「ラン！」

鋭い声をかけると、ランがピイッと得意の指笛でこたえた。

「かんてらをつけろ！」

「わかった」

闇のなかでの応答があって、やがてかちかちと音がして、ぼうっと火がうかびあがる。

「どうしたんだ、イシュト！　人殺し、って叫びながら女の人が、港の村のほうへ這って逃げていった」

「くわしい話はあとだ。くそ、だれかがベロじいを刺し殺して口封じをしやがった」

「なんだって」

「だが、なんか、けっこう大事なことをきいたんじゃねえかって気がする。ついてこい、ラン、すぐにタンデに戻って、グロウたちを呼び出して夜通しかけて山道をあの浜に戻る。それができなきゃ、このままボートに戻るだけだ」

「なんだって、そんなことをしたら、精霊だの、悪魔だの、夜道に待ち伏せてるいろんな……」

「おまえ、そんなものを信じてるのか。お前は沿海州の子なんだろう。迷信ぶかい南方の人間じゃねえんだろう」

イシュトヴァーンは鼻で嘲笑った。そうして、かんてらをひったくると、もう、走るようにして、もときた方にむかって、しおどき川にそってさかのぼりはじめていた。

「ま、待ってくれ。暗くって足もとが見えない」

「走って追いつけ。あの女が村にたどりついて応援をつれてくるのにゃ、けっこうかかるだろうが、そのあとはきっと、タンデの町までまきこんだ大騒ぎになる。ベロじじいってのが、どのくらい、このあたりで尊敬されてたのかは知らねえが、少なくとも、クルドの部下の生き残りで、みんながナントの島とクルドの宝のことをききにくる有名人なことは確かだからな。……それが殺されたとあっちゃ、たぶんこのあたりのもんが黙ってねえんだろう。逃げるんだ、ラン。とっつかまって、あれこれ問いつめられたらやばいし、それに……」

イシュトヴァーンは息をはずませた。

「俺が心配してるのは、むしろベロじじいを殺ったほうのやつだ。……きっと海賊だ。どの海賊かわからねえが、たぶんバンドゥの海賊の誰かだ」

「ラ――ラドゥ・グレイ?」

「かもしれねえし、そうじゃねえかもしれねえ。ベロじいはラドゥに伝言をしてくれとか、かたきがどうとかいってたが、きれぎれで……どっちとも――ラドゥがかたきなのか、ラドゥにかたきをとってくれという伝言なのか、よくわからなかった。ただ……ああ、もう、いましゃべってるひまはねえ、走るぞ、ラン」

「ま……待ってくれ、イシュト……」

第四話　暗　礁

1

「イシュト！」

ランは、無駄だと知りつつ、悲痛な声をふりしぼらずにはいられなかった。

「そんなことを云わないでくれ。俺が、どうして、あんたをおきざりにして……あんたと別々になれると思うんだ。あんなに——あんなに血の誓いだってたてたのに……俺はいったじゃないか、俺は絶対、あんたから離れないって……」

「じゃあ、俺のやりかたに四の五のいうな」

激しく、イシュトヴァーンはいった。

「俺のやることにいちいち口出す相棒なんかいらねえ。俺についてくるなら、俺に説教なんかするな。俺は——俺は自分のやってることたあ、よくわかってる！」

「だけど……」

ランはなおもたまりかねて言いかけたが、イシュトヴァーンが早足になったので、あきらめて、口をつぐんだ。だが、胸の中は、なんともいいようのない、恐ろしさとも絶望とも、そしてもどかしさともつかぬもやもやとたぎりたつ黒い熱い泥のようなもので一杯だった。

(駄目だ。駄目だ、イシュト……そんなことをしてたら、駄目だよ……)

(それは、なんだか……そうしていたらどんどんどんどん、ドールの地獄に引き寄せられてしまうような、すごく恐しい道のように俺には思えるよ……イシュト!)

だが、その思いを、イシュトヴァーンに告げて理解させようところみている時間もない。

その一夜は、ランにとってもイシュトヴァーンにとっても、思いもよらなかったすさまじい、驚くべき恐怖にみちたものとなった。たとえ口ではなんといって強がろうと、イシュトヴァーンとてもまだ二十歳の少年であるには違いないし、それに本当をいえば、もともと決して迷信深くないほうではないのである。それに、たとえそうでなかったとしても、まったく道のわからぬ山道を、ただ二人で、ひとつだけのかんてらのあかりを頼りに、ひたすらうろおぼえの海辺へむかって抜けてゆこうというのだ。

ランはもう、いったん腹を決めると、あれこれ思い迷うのをやめてひたすらイシュトヴァーンについてゆくことだけを考えていたが、イシュトヴァーンのほうは、道に迷いはせぬかとか、実はけっこう内心あれこれと悩んだり案じたりしていたのだから、本当は、イシュトヴァーンのほうがじっさいには大変だったのかもしれなかった。性格的にも、イシュトヴァーンのほうは、まかりまちがってもランに弱音をはいたり、自分が道を間違えたかもしれない、などということは、口に出したり、ランを頼ったりはしかねたからである。

町の外側を通って、東の山道へ入ったのだが、それも、こころもとない地図が頼りであったから、一本道だったとはいえ、まるきりばくちのようなものだった。おまけに、山のなかに入ってしまえばもう、何ひとつあかりもみえないし、あたりはぬば玉の闇、まるで肝試しのような深い山道がどこまでも続いているだけである。イシュトヴァーンはしきりと、それでも「うん、確かにこの道だ」だの、「この木のかたちに見覚えがある、もう間違いないぜ」だのといいつのったが、ランは、そんなものがあてになるのかどうかよくわからなかったけれどもイシュトヴァーンが気の毒でそうは言えなかった。

（まあ、いいや……もしもイシュトが道に迷って、ふたりで遭難してしまったというのなら、それはそれでもう俺たちの運命なんだからな……俺はもう、イシュトについてゆくときめたんだから、俺はたとえどうなろうと、かまわない……どうせ、待ってる家族ももういやしないんだし、いまの俺には、イシュトのほうが大切なんだから……いや、イシュトだけが大切なんだから……）

そう、おのれに何回も言い聞かせながら、ランは、黙々と、文句もいわずにイシュトヴァーンのかんてらのあとをついていった——いや、途中からは、ふたりはしっかりと腕をくみあい、たがいにはなれまいとして、かんてらを交互に持ちながら歩いていったのだった。

深い山道がどこまでもどこまでもつらなっている。その細い道の両側は、あるときには切り立った崖になり、あるときには深い森の木々になって、いかにもその奥になにがひそんでいるのかわからぬ、という感じをあたえる。もっと気の弱い少年であったら、おそらく、もう、途中で足がすくんで一歩も歩けなくなったり、あれこれ想像して泣き出してしまったり、恐怖のあまり失神したりさえしかねなかっただろう。とにかくあたりはしんとしずまりかえった見知らぬ深い山林のまっただなかなのだ。その意味では確かに、イシュトヴァーンもランも普通よりもなみはずれて勇敢な少年ではあったのだし、それに、たがいがいることでおおいに力づけられ、またイシュトヴァーンの場合にはそれが見栄にも作用して力づける結果にもなっていたのだと云わなくてはならなかった。

しんしんとしずまりかえった夜道は、あちこちの林や森のなかからぶきみな獣や鳥の鳴き声がきこえてくるのも、はっと心胆を寒からしめた。ここは南の島で、考えてみるとかれらは、このあたりにどのような猛獣がひそんでいるのかも、どういうたちの悪い獣がいるのかも知らなかったのだ。精霊や悪霊もさることながら、そちらはさらに現実的な脅威だったし、それに加えて、海賊どもが追ってきたり、あるいはこの山林のなかにひそんでいるよからぬやつらに見つかってしまう、ということも、ランにとっては恐ろしかった。

だが、幸いにして何も妙なものは出てはこなかった。このあたりの山林には、ひどく耳障りな声で鳴きたてる、かれらの知っている夜鳴き鳥とは種類の違うらしい妙な鳥がいて、それがときたま、「ケケーッ、ケケーッ」とまるで人間の子供が甲高い声で笑っているような音をたてながらバサバサと梢から舞い上がるので、それにはひどく神経をいためつけられたが、人間というのはずいぶんとものごとに馴れるように出来ているものであるらしく、何回かきいているうちに、反射的にびくっとはおののいても「またか」という程度ですぐに気にならなくなるようになってしまった。

それよりも、やはりイシュトヴァーンが気になってたまらなかったのは道のほうだった。この道については、これが正しい道なのかどうかは、無事に砂浜にたどりついてボートがあるのを確かめるまではわからないのだ。

いっそそれなら、朝まで待っていて、まわりがちょっとでも見えるようになってから動き出したほうがよかったのだろうか、という思いも、イシュトヴァーンの心をかすめたが、むろん、そんなことはけぶりにもみせようともしなかった。しかし、この暗さと、それに足もとのおぼつかなさでは、道のりのほうはなかなかにはかがゆかぬのも事実であった。

「ちょっと……休もう。ちょっとな……」

ようやく、イシュトヴァーンがそう言い出したのは、歩き出してから、いったいどのくらいたったのか、おそらくもう一ザン以上も必死に歩いてからのことだっただろう。今夜は月も見えず、それでいっそう世界は暗く闇のなかに沈んでいる。すわりこむのも、夜露に濡れた道ばたしかない。

「疲れただろう。ラン」

それでも、イシュトヴァーンは首領らしさをようやく取り戻したように、ランをいたわった。

「なあに……俺は大丈夫だよ。あんたは、イシュト」

「俺は歩くのなんかなれっこだ。なんともねえ――けど、腹が減ったな」

「ああ。食べものとか、みんなおいてきちゃったしね。タンデの宿に……」

ランは口ごもった。タンデのことを口にすると、おいてきてしまった三人がいまごろ、心細く首領と副首領の帰りをまっているのか、それとも、ぐっすり眠り込んでおきざりにされたことも知らずにいるか、おきざりにされたことを、あくる朝目をさまして知ったときのかれらの胸のうちはいかばかりか、などと考えると、ひどく胸がしくしくといたむのだ。だが、そういえばイシュトヴァーンの機嫌が悪くなることはわかっていたから、ランはあえて何も云わなかった。この、つらい難儀な夜道の脱出行に、そうでなくても大きな重荷を背負っているだろう、イシュトヴァーンの気持に、それ以上の負担をかけるのはイヤだったのだ。

しばらく、休んでいて、ようやく立ち上がるときには、いかに若いかれらといえども渾身の意志の力を必要としたが、イシュトヴァーンはそれをなしとげ、ランをはげまして立ち上がり、また、真っ暗であてもない、道が正しいかどうかもわからぬ山道を歩き始めた。

だが、さすがに、しだいに疲れもたまってきて、かれらの足取りはぐんと速度が落ちてしまっていた。また、どうやら、このようすではこの道へは少なくとも追手がかかったり、あるいは突然飛び出してくる海賊におびやかされることもないのではないか、と思われてきたのである。やがて、深更をすぎたころ、ぽかりと夜空に青白いイリスが出てきて、かれらの足もとを照らし、ずいぶんとかれらのあゆみを楽にしてくれた。これほどに、月の光をありがたいと思ったことははじめてのような気がするほどであった。

月の光にはげまされて、かれらはまた歩き続け、またしばらくいって、足がこわばってあがらなくなると休み、また互いを励まし合って、よりそって歩き続けた。さいごにはもう、ろくろく口もきけずにただひたすらよろよろと歩き続けていた。そのころには、うっすらと闇がうすらぎはじめていたのである。

「イシュト！」

やがて、ひびわれ、かわいた唇に、思わず大声をあげたのは、ランが先であった。

「日——日の出だ！　海のむこうに、光がみえる！」

「本当だ」

イシュトヴァーンも疲れ切った顔に、思わず、泣き出しそうな表情をうかべた——まだまだあたりは暗く、あまりそれは見えなかったが。

「それに……ああ、海が見えるってことは……海の見える側まで、出てきたんだ。そうだろう、ラン……俺たちは、ちゃんと正しい道をぬけてきたんだ。そうなんだよ！」

最初から、イシュトヴァーンは、俺はちゃんと道がわかってるんだから、心配するな、と言い張っていたのだから、これはとんだ暴露であったが、ランはむろんそんなことを突っ込む気持はなかった。

そのつらく長い長い夜の、最悪の部分はもう、すぎたのであった。かれらの足もとはしだいにどんどん明るくなり、それにつれて歩くのも楽になり、ついにかんてらを消しても何のさしつかえもなくまわりが見えるほどになった。そのころには、遠くの海がきらきらと朝日に輝きはじめていた——これほど美しいものを見たことははじめてのような気がした。二人は、目を見交わして、思わず声もなく手をとりあい、ひしといだきあった。それから、またよろよろと歩き続けたが、くだんの真っ白な砂浜がついに見えてきたのはもうそれからまもなくであった。

「うわあああッ」

思わず、イシュトヴァーンは喚声をあげた。そして、さいごの力をふりしぼって、砂浜にかけおりていった。どこもかしこも見覚えがあった——ボートをひきあげた砂浜も、まわりの木々や崖のたたずまいも、そしてなによりも、その白い砂の上にちゃんとひきあげてあるかれらのボートも。

ボートはひっそりとかれらを待っていた——誰ひとり、人間らしきものがこの浜をおとずれることさえなかった証拠に、白い砂浜を乱しているのは、かれらが山に入っていったときの足跡ばかりであった。こんな無人の海岸を訪れる必要のある人間は、どこにもいなかったのだ。

「イシュト」

ボートにかけよって、嬉しそうになでさすっているイシュトヴァーンを見て、ランはそっと声をかけた。もう、あたりはきらきらと朝日に波が輝き渡り、まばゆい海の早朝であった。

「ここでちょっと、グロウたちを待っててやるかい？　あいつらには、朝になってもしも俺たちが戻らなかったら、ボートにもどって待ってろといったんだよね。だからあいつらもきっと、もうこっちに向かってるかもしれないし……」

「一ザンだけなら、待っててやってもいい」

イシュトヴァーンは不承不承いった。

「だが、それ以上たったらもう、待てねえぞ」

「それはでもイシュト……タンデの町からここまで、一ザンてわけには……俺たちだって、暗かったとはいえ、まる一晩かかってるというのに……」

「だが、きょうのひるにこのへんの海域をうろうろしてるのがどんなに危険かってことくらいは、お前にだってわかるだろう、ラン」

「それはわかるけど、でも……」

グロウたちが、置いてゆかれたか、あるいはイシュトヴァーンたちになにかあったかと必死にこの浜までたどりついて、そしてボートがなく、島かげにニギディア号らしいものの船影もないことを発見したときの絶望と恐慌と恐怖——それを考えると、ランはひどく気が沈むのだ。そのあとまたタンデまで戻るにしても、食べ物や飲み物はもつだろうか。まさか、途中の山中で行き倒れてしまうことはないにせよ、絶望と怒りと恐怖のなかで、それがきわめて苦しい往復になってしまうだろうことは間違いない。

「ちょっとだけ、待っててやるっていってるだろう。——それに俺も……それに俺も、あまりにちょっと疲れすぎて、このままじゃ、ボートをこぐのは無理そうだから……」

イシュトヴァーンは、息もたえだえなようすでつぶやいた。

と思ったときもう、かれは、ボートに上体をもたせかけるようにして、そのまま寝入ってしまっていた。本当は疲労困憊の極に達していたのだ。

「ああ……」

だから、こんな困難な、難儀な道になにも、みずから身を投じてゆくことはなかったのに——ランは云いたかったが、それを言い出したらもう、どこまでさかのぼってよいかわからなかった。こんな、タンデになんかこなければよかったのだ——いや、それよりも、クルドの宝など探しにゆこうというような夢をみなければよかったのだ。それとも、とりあえず安全で陸の上で、いろいろ知り人もいるヴァラキアを出てこなければよかったのか。だが、そんな話をしようものならイシュトヴァーンは鼻にしわをよせて、「それじゃお前、生まれてこなけりゃよかったのに、っていってるのと同じじゃねえか！」と叫ぶだろう。事実、イシュトヴァーンにとってはもう、この道は乗り出してしまった航海のようなもので、戻るすべとてもありはしないのだった。

ランもおそろしく疲れはてて、もう口もきけないくらいだったが、しかし、何がおこるかわからないと思うと、二人同時にぐっすり寝入ってしまうわけにもゆかなかった。それに、イシュトヴァーンは、交替で寝ようとは云わなかった。もう、すっかり、意識を失うようにして瞬時に眠りにおちたかれは、すこやかな、というよりもやや度をこした、苦しげないびきをかいている。

（それに、イシュトが目がさめるまで寝かせておいてやれば……そのあいだに、グロウたちが追いつくかもしれない……交替にしたら、それに……）

認めたくはない。

だが、（俺が眠りこんで、イシュトが見張りをしていたら……じれたイシュトに、俺も——置いてゆかれてしまうのではないか……？）という、その恐怖は、確かにランのうちに存在していた。というより、そう思わせるようななにものかが、イシュトヴァーンのうちにあった、というべきだろう。

ランは、こらえかねて、ときたまうとうととまどろみながらも、また緊張からはっと目ざめて、あたりのようすを見やり、それからまたとろとろしながら、見張りを続けていた。しだいに朝日が高く東の海にあがってきて、ライジアの島々はまばゆく照らし出された。何もかもが——あの、一晩夜通し歩いていたぬば玉のおそろしい闇など、まるでありもしなかったかのようだった。すべてがくっきりと、まざまざと照らし出され、きょうもひどく暑くなりそうなきざしにもやもやと朝靄が蒸発して湯気となってゆき、そしてレントの海は美しい紺碧にきらめいている。何回かはなんとかこらえたが、ランもまた、まだ若かったし、それに疲れきっていた。しばらくとろとろしては目ざめているうちに、とうとうこらえきれなくなった。ランもまた、がっくりと頭をたれて、座った姿勢のまま、ぐっすりと寝入ってしまった。かれらはまだ、悲しいほどに若く、そして、獣のように本能的だったのだ。

(あ……)

だが、ランのなかにはまだ、かなりの理性が残っていた。

(しまった)

寝過ごした——と、はっと、意識がもどるなり心臓が冷えた。

(イ——イシュトに置いてゆかれ……)

ジュラムウの港に九人、そしてタンデに三人——かたっぱしから、都合が悪くなると仲間を置き去りにして船を出してしまうイシュトヴァーンのやり口をみていて、ランのなかには、思ったよりもずいぶんと強い、イシュトヴァーンへの不信感が芽生えていたのかもしれない。

瞬間的に飛び起きて、かたわらに、妙にあどけない子供っぽい寝顔をみせて眠ってるイシュトヴァーンのすがたをみたとき、ランはからだじゅうの力が抜けてゆくような安堵感を覚えた。

(よかった……)

置いてゆかれなくてよかった、という思いの次に、自分がぐっすりと寝入ってしまっていたのを、イシュトヴァーンに知られなくてよかった、という思いが芽生えた。イシユトヴァーンには、自分がそんなふうに肉体的な弱みや精神的に弱いところを耐えられない人間なのだ、と思われてしまうのは、かなりやばいことなのではないか、というような気がしてしかたなかったのだ。

（俺は……イシュトをとてもとても好きだけど、あんまり信じてはいないのかな……）

ためらいながら、そっと、イシュトヴァーンの肩に手をふれようとする。あまりによく寝入っているので、起こすのがためらわれたが、もう、かなり日は高くなってきている。起こさないとまたあとで何か云われるだろう。

が、手をふれようとした瞬間に、

「カメロン！」

するどい叫びに、はっとランは手をひいた。

（え）

「あれは――あれは何だ。――カメロン！　カメロン、あの海を……」

おのれの叫びに起こされてしまったように、はっとイシュトヴァーンは飛び起きた。そして、しばらくおのれがどこにいて、誰を見ているのかまったくわからぬかのようにランを見つめていた。

それから、ふいに、全身から力がぬけた。

「南の……氷の海にまた……」

その唇から、かすかなつぶやきがもれた。

「クラーケン……くそ、あの……ベロじじいのことばのせいだな……ひさしぶりに、クラーケンの夢を見ちまったじゃねえか。ニギディア……カメロン、ジェークス……」

カメロンはともかく――イシュトヴァーンの唇から、おのれの知らぬ名前がもれる。

ランは、奇妙ないたましいような思いでイシュトヴァーンを見つめていた。イシュトヴァーンは、首をふり、そしてようやく完全に意識を取り戻した。

「なんてことだ、悪魔のルアーの炎の杖にかけて、もうこんなに日がのぼっちまってる！　なんで、起こさなかったんだ、お前！」

「あいつらが……くるかと思ったし、それに……あまり、よく寝てたから……」

ランはもごもごいった。イシュトヴァーンはするどくランをにらんだ。

「お前、寝てたんだろう」

「……」

ランは口ごもり、それからうなづいた。イシュトヴァーンは急に笑い出して、何を思ったのか急に機嫌がよくなった。

「まあいいや」

彼はけらけらと笑った。

「そりゃ、同じことしてきたんだから、同じだけ疲れてるよな。そりゃ、俺だってひとりで起きて見張りしてろって云われたってできやしねえ。やつらはきたのか」

「いや、駄目みたいだ」

ランはふいにまた現実にひきもどされる気分で、あたりをみまわした。白い砂浜が、まるでそれ自体が素晴らしく高価な白銀をでもしきつめたかのようにぎらぎらと輝いている。すでにかなり日が高くなってきている。だが、どこにも、こちらをめざしてくるものたちの姿はない。

「よし、ずいぶん寝て、かなりすっきりしたぜ」

イシュトヴァーンはいきなり威勢よく立ち上がった。

「船に戻る。手をかせ」

そのままボートをひっくりかえして、砂浜から海にむけて押し始める。あわてて、ランも手伝った。

砂浜も、その周辺の森や山々、木々のあいだも、まったくの無人であった。そこだけ見ていれば無人島かと見まがうばかりだ。だが、

「あっ」

ふいにランはするどく叫んで沖合を指さした。

「ボートが近づいてくるよ、イシュト」

「なんだと。海賊どもか」

「いや……あれはニギディア号の……うちの二号ボートだと思う。だって……ああ、そうだ、へさきにいるのは、あれは確かにバールだよ」

「なんだと、誰が二号ボートで迎えにこいなんていう命令を出したっていうんだ」

イシュトヴァーンは怒ったが、そのまま波打ち際までボートを押してゆくと、そこで、波にさらわれぬよう、ボートのへさきについている、縄のさきについているくいを砂浜に打ち込み、そこで腕組みをして突っ立ってボートの近づくのを待っていた。

ボートはかなりの勢いでこぎ寄せてきた。途中から、バールが俊敏に、遠浅の海に飛び降りてこちらにむかって波しぶきをはねちらしながら走ってきた。

「イシュト！」

「おお、バール、どうしたってんだ。俺らの帰りが遅いのを案じて迎えにきたのか」

「そ、それもあるんだけど……イシュト、船がみえるんだ」

「なんだと」

さっと、イシュトヴァーンの血相がかわった。

「黒い、なんだか……あぶなそうな船なんだよ。俺は……海賊船だと思う。コールもそうだと思うといっていた。そいつがとんがり岬の鼻を曲がってこっちにこようとしてるようなんだ。だから、もしもうイシュトがこのあたりにいるんだったらと思って……」

「くそっ」

イシュトヴァーンは唸った。

「やっぱりそうか。くそ、やっぱり寝過ごしちまったんだな。いや、こっちのことだ。よーし、ボートを出す、ただちにニギディア号に戻るから、お前はこっちのボートで一緒にこいでゆけ」

「グロウたちは？」

「やつらはタンデの町だ」

短く、きかれるのをおそれるようにイシュトヴァーンは云った。

「けさこの時間に間に合わなかったらあとで迎えにくるっていってある。もうしょうがねえ。海賊どもに見つかる前にこの海域を離れるんだ。でねえと俺たち……命にかかわるぞ！」

2

またしても、逃避行だと、ランはぼんやりと考えていた。

ちゃぷん、ちゃぷんとボートに波がうちつける。レントの海はきょうはなかなか波が荒い。

波をけたてて、二艘のボートはニギディア号にこぎつけた。すぐにするすると上からロープがおりてきて、なわばしごがかけられ、かれらはすばやく、ボートのともづなをロープにしっかりくくりつけ、なわばしごをよじのぼる。そのへんは海の少年たちのこと、ましらのようにすばやい。

みなが船上にあがってしまうと、力をあわせて二艘のボートをひきあげ、後部甲板にひっくりかえして干す。この作業には、いつも手なれているし、何回も訓練しているからあまり時間がかからない。

「イシュト……」

泣きそうな顔で近づいてきたのは、十四歳の——ジュラムウにおいてきたジンの次に年少の、グロウの末弟のアムランだった。

「兄さんたちは……？　どうなったの、兄さんたちは、どこにいるの？」

「グロウとサロウとコランはタンデの町の宿にいる」

手短かにイシュトヴァーンはいった。不安そうな少年の瞳をみていると、さすがに、どうやって置き去りにしてきたか、は言えたものではなかった。

「心配するな、わかってるから。とにかく、いまはここを——この場を逃げるんだ。ここにこのままいると俺たちは皆殺しになるかもしれない。とりあえずいったんこの海域を避難して、それから、戻ってきてやつらを回収して……それから、ジュラムウに寄れたら寄ってジンたちを連れて……それから……」

「あとで、連れに戻ってくれるんだよね？　ね？」

アムランは心配そうに念をおした。無理もなかった。ダリアの港で、兄のグロウがすっかりイシュトヴァーンの野望と人柄に惚れ込み、いくぶん不安げな弟たちを無理にひきつれて、この船に三人で乗り込んだのである。島ではやはり水夫あがりの父親と祖母だけが待っている。幼いアムランにとっては二人の兄だけが頼りなのだ。

「心配するなったら、とにかくいまはそれどころじゃねえんだッ」

怒鳴りつけるようにいって、イシュトヴァーンは、アムランがたちまち目を涙で一杯にするのを見る前に大急ぎでそこをはなれた。

ランはあわてて駆けよってアムランをなだめた。ニギディア号のなかは、大騒ぎになっている。ただちに船をだし、とんがり岬をぬけるのだ。もうすでに、あちらの岬の鼻のほうに、黒い船影が見えている。それがまがりきってくるまでになんとか、距離をあけて——もう、この小さな岩礁のかげから出てしまえば、すがたを隠してくれるものはなにもないから、あとはもう、ただ風にまかせて逃げきろうとするだけだ——あるいは、あちらがこの船に興味をもたずに見逃してくれることを祈るかだ。

「アムラン、心配しなくていい。いまはとにかく、時間がないからこうなっただけだ。あとで必ず、グロウたちは連れに戻るよ」

ランはアムランの細い肩を抱くようにしてなだめながら、俺はなんだかいつもこうして、イシュトヴァーンがしでかしたことのしりぬぐいばかりしているような気がする、とまた思っていた。これがおのれの運命というものなのかなあ、と思う。

「でも……心配だよ」

「心配いらないよ。かえって、グロウたちのほうが安全だよ。心配なのは俺たちのほうだ。とにかく、もっと早くにこの入り江から出て外海に出てなくてはいけなかったんだが……」

「あれ、海賊船なの？　ねえ、ラン、あの海賊船につかまったら、ぼくたち、どうなるの？」

「つかまりゃしないよ」

アムランのきゃしゃな腕をつかんで、ランは強く云った。

「そんなことを考えてるひまに、お前も甲板走りのつとめをはたしにいくんだ、アムラン。でないと、かえって大変なことになっちまうよ。いいか、海賊船につかまったらどうなるかなんて、考えないほうがいい。つかまったら……おしまいなんだ」

「おしまいって……ぼくたち、殺されるの？　皆殺しになるの？」

みるみる、アムランの唇がふるえだす。ランは困った。自分も、一刻も早く操舵室にいって、イシュトヴァーンやコールの手伝いがしたいのだ。そうでなくても、ジュラムウに大勢おいてきて、いままた、わりと年かさのほうの三人をタンデにおいてきたから、ニギディア号はどこもかしこも人員が足りなくて困っているはずだ。

「皆殺しになるかもしれないし、ならないかもしれない、そんなのは、どの海賊かによるんだよ。だから考えてもしょうがない。さあ、それより、逃げるために力をつくすんだ、それにまだあれが海賊船だとも、ことにたちの悪い海賊船だとも決まったものじゃないからね」

ダリアを出てからの航海は退屈なくらいに平穏で、特になにごともなく、別の船にすれちがうことさえなかった。何回か小さな島によって水や食べ物を補給したが、それももめごともなくすんだ。だから、ダリアから乗り込んだアムランたちは、これが危険な冒険の航海なのだ、という意識はこれまでのところ、あんまり持ってはいなかったはずだ。

「兄さんたちもいないのに……」

アムランは悲鳴のような声をあげた。

「こんなはずじゃなかった。こんなことになるなんて、誰もいってなかったのに。兄さんが、何もこわいことはない、ただ、冒険をして、宝をさがして……そうしてみんなで金持ちになるだけだ、っていったから……だのに……」

「アムラン。いまはそんなこと云ってるどころじゃあないんだ。さあ、早く後部甲板にゆけ」

アムランを怒鳴りつけて追い払って、ランはしんそこほっとした。

あわてて操舵室に向かおうと甲板をかけおり、船室のかたわらの廊下を通りぬけようとして、ふいにランは足をとめた。

「——だから、俺は最初っからいってたじゃねえか」

不平屋のジュークの声だった。声をひそめるつもりもないのだろう、きこえよがしの大声だ。

「こんなことしてたら、あぶねえってさ。……だのにイシュトは何回いっても俺のいうことなんか、無視してきかなかったんだ。俺は最初っから、何回もランやイシュトにいったはずだよ。いざとなったときにこんなガキばっかしの船なんか、ほんとに、うまそうなヒツジの群れをのせたボートみたいなものになっちまうって……だのに、イシュトはきかねえから……」

　誰かがぼそぼそと何か言い返す。ジュークの声がさらに大きくなった。

「俺は云ったんだ。俺は何回も云ったんだ。クルドの財宝は不吉だ……あれは呪いがかかってるんだし、それに子供だけで宝島を発見するなんて、できるはずがないって。それに……それに……」

　きいているのがつらくなって、ランはそのままそこをかけぬけた。が、我慢できなくなって、通り過ぎざま、どしんとその船室の扉をたたいた。びくっと中の話し声がしずまる。それをうしろに、いそいで短い階段をあがり、操舵室に入る。

（云わんこっちゃない……っていったらジュークみたいになっちゃうけど……だから、ジュークのやつなんか、とっとと切っておけばよかったんだ。……あいつこそ、タンデにでも、ジュラムウにでもおいてきちまえばよかったんだ。あいつがみんなにああして、イシュトのしたことが間違ってたとか、そういう種をまくんだ。いつだってああいう不平屋がそそのかして、いろんなものごとをうまくいかなくさせるんだ……くそ、でももうそんなこと云ってるひまもないけど……）

（イシュトはどうして、ああいうやつにはほかのやつに対するほど押し強くなれないんだろう。……ジュークに頭に来てるのなら、最初にがつんといってやってくれたらよかったのに。……ああいうことを、かげにまわって云われると、イシュトはすごく腹をたてるけど、みんなの前で、ジュークに、お前はどうしてそんなことというんだとか、こういうことをいってるそうだな、なんて云って怒ったりは絶対しないんだ。……あれで、イシュトは案外気が弱いんだ……）

（そうだ。イシュトは気が弱いんだ。……あんなに、突っ張って、強そうにしてるけど……本当は……けっこう、いろいろなことが不安で……それに……）

だが、そんなことは、このさいもっとも口に出してはいられないようなことばかりだった。操舵室で、イシュトヴァーンはかじとりのコールと二人で海図をひろげ、なにやら大声でやりあっている。ランをみると、ほっとしたように、なんで早くこないんだ、ラン、と怒鳴りつけるようにいった。

「もう、間違いねえ……あの黒い船は、《黒い公爵》の海賊船だ。へさきのところに名前が書いてある……なんとか読みとったが、《ニンフの翼》って書いてある。あのとき、あのイヤなカルマどもがいってた船の名前だ」

「《黒い公爵》の船——」

それも、ランには衝撃的だった。

ついに、本当の、ほんものの海賊たちの出没し、動き回る海域にかれらは船を乗り入れてしまっていた、ということなのだ。これまでは、あくまでも、何をいうにも、《海賊ごっこ》のようなものでしかなかった。平和そのもののダリアの島で、若い海賊を名乗って島の平和なひとびとをおびやかしたが、これまでにした一番海賊らしいことというのはそのくらいで、むろんじっさいに船をとめて掠奪したり、殺したり、そんなこともしたことはないし、そんなことをしようものなら、また、いままで安閑とは航海を続けてこられなかったはずだ。たちまちのうちに、沿海州の海上警備隊の注目をあび、追いかけられただろうからである。

だから、じっさいにはかれらのしてきたことは、子供たちだけで自由にあやつれる中古の船を手にいれて——それも、イシュトヴァーンひとりの犠牲によってだ、とほろにがくランは考えた——そうして、海賊気取りで、あまり危険のない海域を選んで船をのりまわして気取っていた、それだけのことだ。だからこそ、本当の海賊どもにも目をつけられなかったし——また、本当に海賊船に遭遇しないですんだのは、とても運がよかっただけだったのかもしれないのだ。

「イシュト！」

帆柱にのぼって見張りをつとめていたらしいバールが操舵室に駆け込んできた。

「大変だ、黒い船の帆柱に旗があがってる……あれは、停船命令だ」

「なんだと」

「間違いないよ。沿海州で売ってた本に出ていたとおりだ。……あれは、停船しろ、っていう命令の旗だよ」

「イシュト！」

ランとコールが、激しくイシュトヴァーンをふりむいた。

イシュトヴァーンは唸った。それから、いきなり甲板へかけあがって、自分の目で確かめた。確かに、もう、はっきりと帆柱までも見分けがつくようになっている黒いスマートな船――かれらのニギディア号よりもかなりでかそうで、たぶん一千ドルドンくらいはあるのだろう――その五本マストの船の一番手前の帆柱に、はっきりと、上半分が赤で、下半分が黒の大きな旗があがっているのがわかる。それはまさしく「停船！」を命じる旗のはずだ。

「イシュト」

イシュトヴァーンが操舵室におりてくるのを、ランとコールは心臓をどきつかせながら待っていた。

「どうする！」

「とまるわけにゃゆかねえんだ」

イシュトヴァーンは激しくいった。

「逃げる！」

「ええーっ。だって、もしあれが《黒い公爵》の船だとしたら……その停船命令にさからおうものなら、どんな目にあうかわからないよッ」

「大丈夫だ。いまの風は追い風だ……ちょうど入り江から、出てゆくほうへ吹いてるし、それにニギディア号は潮流にも乗ってる。それに、このさき、海図をみると、とんがり岬のこちら側の海岸線はかなり入り組んでいて、あんなでかい船が通りぬけられないようなとこがたくさんある——このさき、ずっとしばらく、ライジア列島の北島と南ライジアの島がいちばん接近してる場所だからな。……だから、やつらだって、そうそうすばやく追っかけてはこられねえし、もしも……もしもつかまっても、停船命令の旗にゃ、気が付かなかったで押し通してやる。第一、停船命令にさからったらどんな目にあうかわからねえっていうが、もし停船命令をきいて、止まってやつらをこの船に乗り込ませたりしたら、俺たちはもう逃げるに逃げられねえんだぞ。——さあ、逃げるんだ。ゆくぞ、ラン。全速力だ。帆を全部張れ、おもかじ、いっぱいだ。おもかじ、いっぱい」

「おもかじ、いっぱい」

コールが復唱した。コールは根っからのかじとり気質が身についた若者で、船長のいうとおりにかじをあやつることしか考えていない。

たちまち、ふたたびあわただしい動きがニギディア号にみちた。ランは、相手の動きをみようと甲板に上がってゆきながら、ひどく心配だった。あの、妙にすごみのあるカルマたちの顔、そしてあの隠れ家の、漆黒の肌にするどく輝く目をしていた、妙に迫力のあった大柄な男のすがたが目のまえに浮かんでしかたがなかった。だが、イシュトヴァーンのいうことばにも一理あるのはわかっている。相手は恐しい本当の悪党の海賊たちなのだ。たとえいかに紳士的だ、なんだと標榜していようと、海賊は海賊なのだ。掠奪と殺戮、そしてさまざまな不法行為をおもだった日々のたつきとしているような、悪党どもであることには何のかわりもない。

(俺たちには……この島は、ちょっと手におえなさすぎたのかも……)

うつろになった頭で、ランは考えた。だが、もう、そんなことをいっている場合でさえなかった。

ニギディア号は、ただちに全力をあげて、とんがり岬を反対側へぬけて、そのまま北ライジア島と南ライジア島のあいだの細いライジア水道をぬけて外海へ出ようと動きはじめていた。

はじめは、おのれの出した停船命令が理解されなかったのかといぶかしむように止まっていた黒い船——《ニンフの翼》号は、やがて、ニギディア号がこの停戦命令を無視して逃亡するつもりであることを理解したらしい。しばらくは、呆れたようにその場にとどまっていたが、やがてゆるゆると船が動き出し、ニギディア号を追ってきた。だが、追ってきたといっても、その動きはゆるかった。ニギディア号とはくらべものにならぬ五本マストに、まだ全部帆を張ってもいないし、いかにもゆるゆると追ってくる感じである。それが、どうせこんな小船では逃げ切れないだろうとのんでかかっているのか、それとも、なにやら妙な小船がいるからそれがなにものなのか、点検してやろうと思っただけで、それほど急いでもいなかったのか、よくはわからなかったが、いずれにせよ、あまり殺気の感じられない動きであるのは確かだった。

それに乗じて、ニギディア号のほうは必死で逃げる。――激しくはためく帆に風をうけ、狭い水路に入り込んだときにはとりあえず一同がほっとした。この水路はかなり狭いので、それでおそらくこの大きな五本マストの船は、反対側から、岬の鼻をまわりこむようにしてこの入り江にあらわれたのだ。それとももしかして、北ライジアの北方からまっすぐ、そちら側の沿岸を下ってきて、ここで内海に入り込んできたのかもしれないが。

何にせよ、ここから先の水路は、南と北の島のあいだに入って、いろいろと岩礁も続き、ニギディア号のように吃水線も浅く、小さな百ドルドン・クラスの船ならば問題はなくとも、《ニンフの翼》のような、五本マスト、一千ドルドンか、ひょっとしたらもっとあるかもしれないような大型船にはなかなかに入り込めない個所が多そうだ。そこに逃げ込んだのは作戦としてはなかなか上出来だったかもしれないとランは考えていた。

もっとも、この水路を抜けたところで待ち伏せでもされていたらどうにも逃げられなくなってしまうが、しかし、この水路をかなりの速度で逃げきれれば、いかな俊速な海賊船といえども、ぐるりとまわりこんで反対側の出口をふさぐには間に合わないだろう。そうするためには、北ライジアか南ライジアか、どちらかの島を全部ぐるりとひとまわりしなくてはならないからだ。

（ああ、なんて騒ぎなんだろう。——おまけに、なんて島なんだろう、なんて海域なんだろう。もう、俺はこんりんざい、このライジア周辺の海域なんかまっぴらだぞ。もしもイシュトがまたこのあたりにきたいといっても、そのときには、もう俺は勘弁してもらって、どこかで待ってるからと……）

ランはとりあえず、おのれの仕事をおえて、ほっと息をついた。

考えてみるときのうの夜から何も食っていなかったのだ。ニギディア号のコックを引き受けている、でぶっちょのユエンに命じて、イシュトヴァーンにも、コールにも、自分にも、簡単な手でつまめる食事を用意させ、ついでにカラム水を一杯もらってほっとひと息いれる。なんだか、きのうからずっと大騒ぎだった気がするし、いや、さらに考えてみれば、きのうどころではない。ジュラムウの港でもずっと大騒ぎだったし、とにかくイシュトヴァーンといさえすればいつでも大騒ぎだ、という気がするのだ。

（あんたと一緒だと、いつでも騒ぎがおこる……イシュト……）

かすかに思う。それが、ヴァラキアのイシュトヴァーン、という少年の最大の特徴なのだろうか、と

ニギディア号は、しかし、大揺れに揺れていた。ランの仕事は一応一段落したが、イシュトヴァーンとコールの仕事は終わらないどころかむしろこれからだ。この狭い水道は、岩礁がたくさんで、おまけにところどころには小さな島もあったりして、それをよけてゆくのに、とてつもない神経を集中しなくてはならないのだ。コールはさっきからずっと操舵室で、狂ったように舵に取り組んで全身汗だくになっているし、イシュトヴァーンはそのかたわらで、遠眼鏡を目にあてて、声をからして命令をつづけている。ちょっとでもイシュトヴァーンの判断が狂い、コールのかじさばきが間違ったら、こんな岩礁地帯では、たやすく船は岩礁に乗り上げてしまう。

だからこそ、このあたりにまでは、まったく船影もないし、《ニンフの翼》号も追いかけてこなかったのだ。巨大な《ニンフの翼》にとっては、小さなニギディア号よりもいっそう岩礁をかわすのが大変だろう。だが、いったん乗り上げてしまえば、ニギディア号のほうが小さいだけに、沈むのも、動きがとれなくなるのもたやすい。

「ううっ……まだ、あんなにありやがる。くそ、呪われたドールの岩礁どもめ」

イシュトヴァーンが呪いの声をあげる。だが、もうとっくに背後にも、《ニンフの翼》の黒いすがたは見えなくはなっていた。

「イシュト」

ランは、そっと、驚かさぬように、食べ物と飲み物をのせた盆を自分で持って操舵室に運び、声をかけた。

「もう、《ニンフの翼》はまいたようだよ。……もうちょっと、ゆっくり抜けても大丈夫だ。とにかく、ちょっと腹に何かいれないと、きのうっから何も食ってない」

「食い物か。ああ、忘れてたよ、ラン」

イシュトヴァーンの目が輝いた。が、食べ物よりさきに、壺をとってがぶりと飲む。が、そのままひと口飲んで目を白黒させた。吐き出しはしなかったが、えらく不服そうに叫ぶ。

「なんてこった！　こいつは、カラム水じゃねえか！　しかも火酒一滴入ってやがらねえ！」

「そりゃ、そうだよ、イシュト、まだ当分、この岩礁はつづくんだもの」

ランは苦笑した。

「気の毒だけど、本当の休みは岩礁地帯をぬけてからにしてもらうよ、船長。……とにかく、力をつけないといけないから、食べてくれよ」

「わかったよ、わかったよ、ラン。くそ、なんだよ、てめえ、なんだかまるで俺の女房みてえな口をきくな」

「何いってんだよ」

ランはかっと頰が熱くなるのを覚えた。

イシュトヴァーンは憎まれ口をたたいて、そのまま、パンに魚の燻製と、まだジュラムウで積み込んだばかりで新鮮なままの野菜をはさみこんだ軽食を大口に頰張っている。コールは、残念ながらかじから手をはなすいとまもなさそうだ。

「くそ、コランをおいといて、かわりに誰でもいいから別のやつを連れてってくれると楽だったんだけどな」

コールが溜息をついた。

「コランもいずれ助手にするつもりで仕込んでたんだから、俺は。……くそ、ああ、汗が目に入りやがる」

「もうちょっとだ。頑張れ、コール」

イシュトヴァーンがパンをかじりながら怒鳴った。ランは、階段をのぼって、前部甲板に出た。あとどのくらいでライジア水道をぬけるのか、確かめてこようと思ったのだ。両側に、小さな岩礁や、ちょっと大きな、島といってもいいようなの、また、頭がちょっとしか出ていないがおそらくその下には岩が続いているのだろう、一番危険そうなかくれた岩礁などがずっと続いている。そのはるか両側は、それぞれ北ライジアと南ライジアの海岸線だ。

このあたりは船が自由に行き来できないからだろう。このあたりには、どちらの島にも全然人家は見えない。うっそうと繁った熱帯の森林がただ、濃い緑をなしてひろがっているだけだ。そこだけ見ていたら、とてもこの島の違うところに都市があって、大勢の人がすまっているとは思えないほどだ。

「でも本当にもうあとちょっとで抜けるよ、コール、頑張ってくれよ」

「そりゃ、頑張ることは頑張るけどな……」

コールが中っ腹で答える。イシュトヴァーンはパンを食べおわって、しょうがなさそうにカラム水を飲んでいた。

「もうあとものの五、六モータッドもゆきゃ、このいまいましい岩礁地帯は抜けられるからな。ちゃんと、無事にここまでやってきたんだ。だからもうあとちょっと……」

イシュトヴァーンが云った、その瞬間だった。

ガリガリガリ――と、船底のほうから、なんともいえぬいやな音がひびきわたった！

3

「う…………わッ」

悲鳴をあげたのはイシュトヴァーンよりもむしろランのほうであった。コールは舵を握り締めたまま茫然と立ちすくんでいる。

「やばいッ、暗礁だッ」

イシュトヴァーンは絶叫した。

「何してる、コール、舵を切れ、舵を切れッ！」

「だ、駄目だ、イシュト！」

「何をいってる。切るんだ。まだ間に合う、切れッ！」

イシュトヴァーンは、コールの腕をおしのけるようにして舵にとびついた。そのまま、狂ったように左にかじを切った。がりがり、がりがり——という不気味な音はまだ続いている。同時に、誰かが悲鳴のような声で叫ぶのがきこえてきた。

「あああ！　乗り上げた、暗礁だあーッ！」

「くそ……」

イシュトヴァーンはうめいた。そしてさらにかじをまわそうとしたが、もう、いっぱいいっぱいまでまわされた舵はまったく動かなかった。

「ドライドンよ！」

イシュトヴァーンはぎりぎりと歯をかみならした。

「ラン、外から押し出してやるっきゃねえ。力のあるものを四、五人選べ、右側の後部甲板に集まらせるんだ！」

「は、はいッ、イシュト！」

「コール、お前は、ここでずっとかじを操作してろ。動けるような手応えがあったらかまわねえからすぐに船を動かすんだ！」

「わ、わ……わかった」

みな、いずれも海の育ちだ。生まれた国は違ってもみながみな沿海州の海の子ら、座礁の怖さは知り尽くしている。船のなかに、恐慌がひろがるのを、イシュトヴァーンは何よりもおそれた。

「俺もゆく」

船のなかにすでにかけだしていったランのあとを追って、イシュトヴァーンも操舵室を飛び出した。

ニギディア号はまさしく暗礁にのりあげていた。目に見えぬ巨大な岩が、海面のすぐ下にひそんでいたのだ。救いは、まだそれほどがっしりと完全にその上にのりあげてしまってはいないことだ。まだ、半分くらいがのりあげているにすぎない。甲板から身をのりだして、イシュトヴァーンはそれを確かめた。

「よし、まだ……なんとか出来るだろう。いや、なんとかせずにおくもんか。こんなとこで……」

イシュトヴァーンは、服をぬぎすてた。といっても、船に戻ってからはまた、上半身裸のいつものなりに戻っている。足通しをぬぎすてて下着ひとつになると、長い髪の毛をぎゅっとたばねあげた。

「おい、縄をもってこい。縄をここから垂らせ」

海に飛び込んだら、下は岩だ。このあたりはそうでなくても岩だらけなのだ。うかうかと飛び込んで岩に打ち付けてしまったらいのちにかかわる。イシュトヴァーンは慎重であった。

「イシュト、ど、どうなるの、ぼくたち」

幼いアムランが悲鳴のような声をあげてかけてくる。

「うるせえ。ぴいぴい泣くんじゃねえ。ガキは船倉に入ってろッ」

荒っぽく怒鳴りつけておいて、イシュトヴァーンは、持ってこられたロープを船べりの手すりにしっかりと結びつけた。ぐいぐいとひっぱってみる。ほどける気遣いのないよう、船乗り結びでしっかりと結ばれたのを確かめると、ランをよんだ。

「ラン。どうなった」

「とりあえず五人集めた」

「よし、みんな、岩場におりて船を押し出してみるからな。ラン、あと二本、縄ばしごをおろせ。それから、みんな、サンダルだけははいたまま、服をぬげ。足は、岩場を歩くと怪我するから、サンダルは忘れるな。いいか」

「ようそろ！」

イシュトヴァーンの天性の指導力はこういうときにもっとも発揮されるのだ——ランは、こんな非常事態のさいではあったが、ちょっと感心していた。

もしも、もうほんのちょっとでも、イシュトヴァーン当人がうろたえてしまったり、対応を間違えて自信なげなところを見せていたりしたら、たちまち、平均年齢がとても低い上に、兄二人が取り残されて不安におびえている幼いアムランや、不平屋のジュークなどのいるこの船の乗組員たちは、取り乱して恐慌状態に陥ってしまうだろう。むしろおそろしいのはそのことのほうで、いったんそうなったら、なかなかにとりとめるのは難しいだろう。だが、イシュトヴァーンの冷静な、何も大変なことはおこっていない、こんなことは日常茶飯だと言いたげな態度のおかげで、誰も、騒ぎたてたり、叫び出したりするようなものはいなかった。それは、ランが、ほかのどのようなところがどうであっても、こういうところだけは絶対にイシュトヴァーンにかなわない、とつね日頃考える、最大の、指導者の素質であるのだろう。

集められたものたちもみな落ち着いていた。ランもいそいで服を脱いだ。サンダルをはくのは忘れない。

「俺が先に降りる」

イシュトヴァーンは、もういっぺん手をかけてロープがほどけぬかどうかを確かめてみてから、船べりによじのぼり、手すりをまたぎこえた。

ところどころに結び目を作って、縄ばしご状になるように作ってあるそなえつけのロープをぐいとにぎり、それに身をたくして、ニギディア号の船壁に足で身をささえながら、たくみに水面へと降りてゆく。きわめて慎重な動きで、足さきで水面の下の暗礁をさぐり、それから、そこに足をついてみて、うなづくと、そこに降り立った。

「大丈夫か。イシュト」

船の手すりから、のぞきこみながらランは心配して叫んだ。

「大丈夫だ。この暗礁め、思ったより小さそうだ」

イシュトヴァーンは、そっと足でさぐってみた。イシュトヴァーンの、膝くらいまでが水につかっている。そのくらいの水面下に、暗礁がひそんでいて、ニギディア号はそれにのりあげたのだ。

「だが、まずまずだな。船底はやられちゃいねえ。というか、かなり痛んではいるようだが、穴があいてるとことかはねえ」

イシュトヴァーンは、そっと、気を付けて暗礁の上を歩いて船の乗り上げている部分に近づき、身をかがめてそのあたりをよく調べた。そのあいだにランは、イシュトヴァーンにならって手すりをまたぎこえ、ロープをたぐって暗礁の上に降り立った。足の裏に、ごつごつととがった岩の気持のよくない感触がある。

「かなり足もとが悪いから、気を付けろよ、バール」

つづいて降りてこようとしている仲間たちに、ランは声をかけた。それから、おぼつかぬ足取りで、ゆっくりと水面下の岩を踏みしめて、イシュトヴァーンのほうに近寄っていった。

「いつも思うことがあるんだ」

イシュトヴァーンがこっちをふりむいてニヤリとした。

「いつも暗礁に乗り上げてるってわけじゃねえけど。……もしもさ、これが暗礁じゃあなくて、どでかいくじら《ガトゥー》だったり……もしも万一、まったく見たこともねえほどでけえなんか別の生き物か魚だったりしたら……そいつがぐっと身をおこしたとたんに、俺たちも船もひょいとはねとばされて海のなかだ、船も転覆しちまうんだってな」

「そんな、縁起でもないことを」

ランは叫んだ。

「駄目だよ、イシュト、そんなことをいっては。ドライドンの部下の水妖アルフがきいていて、イタズラをするというよ」

「アルフなんか、いるもんか」

イシュトヴァーンは肩をすくめた。

「よしんばいるとしたところで、こんな南の海にはいやしねえよ。きゃつらはもっとレントの北のほうにいるんだ。……さあ、ラン、どう思う。これ、俺たちの力で、もちあげて、波に無事はなしてやれるかな」

「ああ……」

ランは、イシュトヴァーンの指さしている、がっちりと暗礁に乗り上げている船の底を見た。

「けっこう、この板なんかひびわれが入ってしまってる。なんとか、外からあて板でもしてもたせて、港に入ったらすぐ船大工にみせないと駄目だろうな」

「そこまでなんとかたどりつけなくちゃ駄目だってことだな。だが困るのは、あいにくと最寄りの港ってのは、このライジアの島の港のどれかだってことだ」

イシュトヴァーンは鼻にしわをよせて云った。そうしながら、目をほそめて、ゆっくりと慎重に次々とロープをたぐって降りてくる仲間たちを見守っている。足もとがあやういし、ロープが数が足りないので、かれらは降りるのに時間がかかっている。

「バンドゥは論外だが、ジュラムウもういまとなっちゃかなりまずいだろう。だが、シムサだってもう……それにシムサじゃあ、いい船大工がいるかどうか、わかったもんじゃねえしな。……どうも、このあたりは、俺とは相性が悪いみたいだなあ」

「だとすると、あとはダリアまで戻るか、ゴアのほうへ南下するか……どっちにしてもずいぶんあるなあ。駄目だよ、イシュト、まずジュラムウかどこか、ライジアで船を直さないとたぶん、いまはまだ平気でも、航海を続けているあいだに水洩れがしてきたり、板のひびがもっとひろがってきたりしちまうよ」

「くそ、ここまできて、くやしいな。ここまでニギディア号にゃ、傷ひとつつけずにきたのにな」

「しょうがないよ、暗礁ばかりは」

おとなびた口調で、ランがなだめた。イシュトヴァーンはむっとしたように口をとがらせて、また船の底のキズに手をあててみている。

「まあでも、このへんだからそれほどは……そうひろがりそうなひびじゃあないし。とにかく、まず暗礁から抜け出さないと、波にゆられて岩にこすられたら、ますますキズが拡がっちまうかもしれない。なんとか、力をあわせて押し出さないと……」

「でも、ちょっと持ちあげるようにしないと無理かもしれないなあ。ここらあたりなんか、ずいぶんぎっちりとはまりこんでるみたいだ」

ランも調べながら吐息をもらした。

「ま、いい。やってみるさ。とにかくここをなんとか切り抜けないと……」

イシュトヴァーンが仲間をそちら側に呼び集めようと身をおこしたときだった。

「イ、イシュト！」

悲鳴のような声が、船の上からふってきた。

「なんだッ」

イシュトヴァーンは、そちらを見もせずにききかえす。

「た、大変だ！　海賊だ、海賊どもが！」

「なんだと？」

「はしけにのって……あんなに大勢……間違いない、あれは海賊だ。二艘のはしけに分乗して、こっちにまっすぐにやってくるよ！　ど、どうしよう！　殺される！」

「なんだと。騒ぐんじゃねえ、馬鹿ッ」

イシュトヴァーンは顔をあげて怒鳴った。それから、ランを見返った。

「冗談じゃねえぞ。こんなところを襲われたら、応戦もへちまもねえ」

「大変だ。どうしよう、イシュト！」

「どうしようって、とにかく……」

イシュトヴァーンは暗礁の上に突っ立ったまま、くちびるをぎりぎりとかみしめた。

その頭のなかを、ものすごい勢いで、あれやこれやの考えが——船ごとおいてこのまま泳いで逃亡する、というのから、船をともかく岩礁から解放して、なんとかそれで逃げようとこころみる、というのから、白旗をあげる——という考えはイシュトヴァーンの辞書にはなかったかもしれないが、とにかくありとあらゆる考えがかけめぐるのが、ランにははっきりと目で見えるような感じだった。

それから、イシュトヴァーンは、ぎりっとまたくちびるをかんで、心を決めた。

「しょうがねえ、いまここで、船をどうこうしてても……このようすだと、これだけの人数じゃどうにもならねえし——だが、下手にうかつに持ち上げると反対側に船が転覆しちまうかもしれねえし、それに、てこもいるかもしれねえ……この急場に、暗礁から船を救い出すのは無理だ。ラン、いったん、船に戻れ」

「あんたは、イシュト」

「もちろん戻る。応戦用意だ。及ばぬながらも、なんとか……戦って、切り抜けるしかねえし……もしも、海賊といっても、俺の思ってる方向なら、もしかして……」

あとは、口のなかに消えた。

イシュトヴァーンは、まっさきに、かなり馴れてきた足さばきで暗礁を横切って、船腹から垂れているロープにとりついた。そのまま、ぐいぐいと、さっきと逆の手順で、身をささえながらのぼってゆく。細くみえるが、よく鍛えてある筋肉が、その一見するとあまり太くない腕と肩にぐいぐいともりあがり、細くみえるのはよぶんな肉がまったくついてないからであって、その腕がまるまる全部鍛えあげた筋肉なのだ、ということを見せつける。そうでなくては、腕だけで体重をささえて軽々と、足を船腹に突っ張りながら上にあがってゆくのは無理だろう。

イシュトヴァーンは甲板から手をのばしてきた仲間に引っ張り上げられて、最初に、船の上に戻った。うしろからランたちがあがってくるのを確かめるようないとまもなく、

「どこだッ」

見張りに怒鳴って、そのまま自分も前部甲板へかけだしてゆく。暗礁にのりあげたニギディア号は、いくぶん斜めにかしいだままとまっていて、帆柱から帆がななめに垂れ下がり、ほかにもいろいろなものが斜めになってぶら下がっている。

「あ……」

わたされた遠眼鏡を、使うまでもなかった。イシュトヴァーンはまたしても、ぎりぎりと唇を嚙みしめた。

(あれは……)

《黒い公爵》の手下たちなのかどうか、そこまではわからない。

どこからこのライジア水道に入ってきたはしけなのか、二艘のはしけは、かなり大きかったが、それでもむろんニギディア号にくらべれば、ごく小さいので、すいすいと、まるで水スマシ《ミズバシリ》のように岩礁と小島の群れをよけて、水道の入り口からこちらにむかってやってくる。それぞれのはしけに、髪を布でゆわえたり、上体が裸のまま腰にサッシュを結んだり、いかにも海賊らしい風体の大人の男どもが、だいたいそれぞれ二十人くらいづつ乗っているようにみえた。そのうちの五、六人づつが、両側でかいをとって船をこいでいる。かなり漕ぐのにも熟練しているらしく、きれいに揃った、それこそ本当にミズバシリの足を思わせる動きでかいがいっせいにあがり、いっせいに水に入る。だが、そんな動きのみごとさにみとれているどころではなかった。

「イシュト、ど、どうしようッ」

半泣きの声で駆け寄ってきて、イシュトヴァーンにすがりついたのは、不平屋のジュークであった。グロウ三兄弟の末弟のアムランも、駆け寄ってきた。

「イシュト！」

「ラン」

かれらには見向きもせず、イシュトヴァーンは、ようやく甲板に引き上げられてきたランに怒鳴った。

「全員を甲板にあつめろ。それに、武器箱だ。早く」

「わかった」

ランはよけいなことは何もききかえさない。そのまま、ふっとんでゆく。

「お前も呼んでこい。バール。それに武器箱を持ち出すのを手伝え」

「戦うつもりなのか、イシュト」

驚愕したようにバールが叫んだ。その声に、とうとう我慢の限界にきたようにアムランがすすり泣く声をもらした。

「怖いよ。怖いよ、イシュト。ぼくたち殺される」

「うるせえ。泣くな、泣いたところでどうなるもんじゃねえんだ」

イシュトヴァーンはくいしばった歯のあいだから、うめくような声をもらした。彼は甲板に仁王立ちになり、その目は、明らかにもう、このニギディア号が目当てで近づいてくるとさだまった二艘のはしけの動きにくぎづけになっている。その頭のなかはなおも狂気のようにぐるぐるとまわりつづけていたけれども、もう、その思考の動きはさきほどのように活発ではなかった。

「イシュト、かじとりも呼ぶのか」

「全員といったら全員だッ」

全員といったところで、ずいぶんと人数を減らしてしまったニギディア号の乗員は、いま、イシュトヴァーンをいれて、十五人にすぎない。

近づいてくるはしけに乗っている海賊どもは、二十人とみつもっても二艘で四十人——しかも全員が大人の、本物の海賊だ。少年たちにどうこうできるような相手ではない。

とっさに、考えがさだまった。

「みんな、来たかッ」

イシュトヴァーンは声を張った。まだ全員揃ってはいなかったかもしれないが、もう、待ってはいられなかった。アムランの泣き声にそそのかされたかのように、泣き声に近い哀訴の声や、神を呼ぶ声などが、甲板にひとかたまりになったニギディア号の少年たちのなかからきこえはじめていたからだ。

「いいか、落ち着けよ。ニギディア号は座礁してる。このままじゃどうしようもねえ。きゃつらは確かに海賊だと思うが、海賊にもいろいろある、いきなり、俺たちを皆殺しにして船に火をかけるようなたぐいのやつらばっかりとは限らねえ……」

アムランがヒーッと声をあげて啜り泣いた。それを、誰かが「シッ！」ときびしくとめる。操舵室からコールが青ざめた顔で出てきて、一応甲板に、ぐっと減ってしまった乗員が全員そろった。まんなかに、ランとバールが持ち出してきた武器箱がある。みんな、青ざめた顔でそれとイシュトヴァーンとを交互に見つめている。「戦え」と命じられれば、人数で三倍にものぼる大の大人の海賊どもをあいてに、必死の何の勝ち目もない戦いをくりひろげなくてはならないのか、と、うら若い少年たちは怯えているのだ。

「だから、そういうやつらばっかりじゃあねえ、って云ってるんじゃねえか！」

イシュトヴァーンは声を張り上げた。そうしながら、ちらっと、着々とこちらにむかって漕ぎ寄せてくるはしけに目をやった。もう、先頭の一艘はあとものの一モータッドくらいで、たくみに岩礁をよけて、ニギディア号にたどりつくだろう。

「とりあえず、降伏する。いまここで武器をもちだしてみても、とてもかなうわけもねえし、それに……俺たちみてえな、ガキばっかしの船じゃ、なんかたくさん金目のものをつんだ商船や、定期船と違って、きゃつらだって、そうそうろうぜきをはたらくこともあるまい。とにかく、さからうな。俺がなんとか話をつけてみる。どうなるかわからねえが、とにかく、俺たちはさからうつもりはねえとわかれば、きゃつらだってむげには……」

「ヒイイ！　殺されるよ、ぼくたち殺される！　あああ、こんなとこに来なければ死なないですんだのに！」

ヒーッと声をあげてアムランがせきをきったように泣き出した。イシュトヴァーンは恐しい声で怒鳴った。

「きゃつらに殺される前に俺に殺されてえか、ガキッ！　そんなふうに女みてえに騒ぎたてていたら、うるさがられて、逆に助かるもんも助からねえかも知れねえんだぞッ！」

ぴたっと、悲鳴のような息ずすりをしてアムランが泣きやんだ。

「いいか、あわてるな。落ち着くんだ」

イシュトヴァーンは、少年たちの青ざめた顔を見回した。はしけは二艘とも、着々と近づいてくる。片方が、ニギディア号の後ろ側をふさぐようにまわりこみ、もう片方が、前をめざしているようだ。

「そしてなるべくかたまってろ。たとえ、最初にちょっと荒っぽいことをされたりしても、ぴいぴい騒いだり泣きわめいてやつらを刺激するんじゃねえ。とにかく落ち着いて、そうして様子を見てるんだ。そうすりゃ……やつらが本当にヤバイやつらかどうかもわかる。本当にやばいやつらだったら、もうしょうがねえから、戦え。そのために、武器はひとつづつ、それぞれ一番得手だと思うものをとっとけ。さもなきゃ、海に飛び込んで逃げろ。こっちは暗礁にぶちあたっちまうが、後部甲板からなら、なるべく遠くをねらって飛び降りれば、海に入れるはずだ。そうして、もぐって、泳いで逃げ延びて、とにかく……このへんは海岸が近い、できれば南ライジア側へ泳ぎよって逃げるんだ。もしも万一そういうことになったら、とにかく、しばらくこのへんでどんなふうにしてててでも様子をみて、それから最終的にはジュラムウを目指せ。あそこには、グレンやグールやジンたちがいるからな。それと合流するんだ。俺もそうする」

「で、でも……」

「でももへちまもねえ。もしも北ライジア島に泳ぎついちまったら、海岸線ぞいにタンデの町を探すといい。グロウたちと合流してもいい。とにかく、少しでも仲間と合流しろ、一人っつじゃあ、俺たちはガキだ、何の力もねえが……みんな一緒なら……」

「イシュトは、自分はきれいだから、殺されないと思ってるんだ」

誰かが、低い、だがはっきりときこえる声でいった。

はっと、皆が身をこわばらせた。

「イシュトだったら、海賊たちだって高く買ってくれるだろう。だけど、そうでなきゃ……ほかの俺らは、奴隷にされたり売り飛ばされるか……それとも海賊にされるか……」

「誰だ。いま云ったやつは」

イシュトヴァーンはにらみつけた。

「出てこい。つまらねえことを云ってるんじゃねえ。ひとをなんだと思ってるんだ……見た目がよかったりしたら、ふつうじゃあわなくてすむような、もっとひでえ目にあわなくちゃならねえかもしれねえんだぞ！　この馬鹿野郎！」

「イシュト！」

ランがあわててなだめた。

「はしけが近づいてきた！」

「来やがったな」

イシュトヴァーンは、ぎりっとまた歯を食いしばった。蒼白になった顔に、目ばかりがぎらぎらと光っていた。イシュトヴァーンは、すばやく武器箱をあけ、なかから、自分の短剣をひろいあげて腰にさした。それから、刀子を何本かひろいあげて、それも腰のベルトにさしこんだ。それから、さいごに長剣の比較的小ぶりなやつをとりあげる。

「さあ、自分の得物をとって、そいつを持っておくんだ。だがうかつには早まって使うな。落ち着いて、情勢をみきわめろ。下らねえことをいってんじゃねえぞ」

少年たちはごくりと息をのんだ。いよいよ、かれらの運命をつかさどる使者をのせたはしけ二艘は、ニギディア号からもう、はっきりと乗っている連中の顔がみえるような位置まで近づいてきていた。

4

「イシュト」

ランは、最初におのれの得手のナイフをいくつか選んでしまうと、いそいでイシュトヴァーンのそばに寄った。ためらいながらも、必死な形相で、少年たちがそれぞれの武器を選んでいる。

「あれ、《黒い公爵》のやつらかな……」

「だったら、まだ見込みはあると思うんだが」

イシュトヴァーンは低く答えた。そのおもては、恐しいほどに蒼白になり、そして、緊張に、その目はぎらぎらと狂おしく光っていた。

「あのカルマどもはともかく……あの隠れ家の男がラドゥ・グレイなら――俺はそうだと踏んでる、いや、十割がた確信してるが、そうならばやつは話のわからねえやつじゃなさそうだ。だったら、俺たちも――助かる見込みはあるかもしれねえ。だが、もしも、うわさにきく黒カラヴィア号だの、いっとき沿海州を荒らし回ってたドクロ船団だの、クルドの後継者のなかでもたちの悪いほうの連中だとしたら……もしかしたら、危ないかもしれねえな……」

「イシュト」

「そんな声を出すな。大丈夫だ。望みをすてるな。たとえ……たとえどんなことになっても、必ずいのちだけは助かる、と信じてろ。帆柱に縛り上げられて、船に火をつけられても、まだ、奇跡がおこると信じてろ。そうすりゃ、必ず——奇跡がおこるんだ。俺はこれまで、何回だってそうやって……もう絶対に助かるはずがねえって事態から、生き延びてきたんだ」

「あんたはそうかもしれないけど、イシュト——」

「だから、お前は俺にくっついてろ、ラン」

きこえるかきこえないかの声で、イシュトヴァーンは口早にささやいた。

「たぶんどうあっても何人かは殺されるかもしれねえ……さもなきゃさっきだれかのいってたとおり奴隷にされて船底で船を漕がされるか……売り飛ばされるか。もっとひでえ目にあうかもしれないが……そうなりゃ、そのときのことだ。もう、そうなったら……とにかく俺とお前だけでも助かって、なんとか——ライジアから脱出しなくちゃ……」

「ああ、イシュト」

ランはうめくようにつぶやいた。

「なんだか、すごい――すごいところにきてしまったみたいな気がする。いつか、もういっぺんふるさとのライゴールに帰れるんだろうか？」

「つまんねえことをこんなさいにほざいてんじゃねえ」

というのが、イシュトヴァーンのつっけんどんな答えだった。だが、イシュトヴァーンはつと手をのばして、ランの腕をつかみしめた。その手は、氷のように冷たく、だが汗ばんで、イシュトヴァーンの内心の恐しいほどの緊張と恐怖を示しているようだった。

「くそ」

彼はつぶやいた。

「俺たちは……本当に、俺たちはまだガキなんだな。……いっぱしのつもりじゃいても、大人の悪党どもが出てくりゃあ、かなうわけもなく……なすがままだ。俺もどんな目にあわされるかわからねえけど――大体予想はつくけどな、とにかく、生き延びてやる。こんなとこでこのヴァラキアのイシュトヴァーンさまが、玉石を握って生まれて、王になると予言されたイシュトヴァーンさまが、あんな海賊どもにやりたいほうだいされて、殺されたり、売り飛ばされたりするわけはねえんだ」

「イシュト……」

ランは大きく息をのんだ。

「く——来るよ。やつらが、はしけをとめた！」

「きゃつらが、《黒い公爵》の部下であるよう、ドライドンに祈れよ。ラン」

イシュトヴァーンはあえぐようにいう。イシュトヴァーンの呼吸も、彼の内心の怯えを示すように切迫して短くなっている。ランたちには少なくともなくてすんでいる恐怖と後悔——こんなはめに、自分のかわいい部下たちをおちいらせることになってしまった、という後悔と、ほかのものとはようすの違うおのれが、あるいはほかの少年とは違う酷い目にあわされなくてはならないかもしれない、という怯えが、イシュトヴァーンのからだをかすかにおさえきれぬ震えにふるわせているのだ。

はしけはいまや、ゆうゆうと作業にかかっていた。逃げることもできぬ——この船が、すっかり暗礁にのりあげて、動くこともできないのだ、ということは、ひと目見れば海賊どもには当然わかるにきまっている。海賊どもは、焦るようすもなく、悠然と、両側からはしけをこぎよせ、そして、船の前後から近づいてきた両方のはしけから、それぞれひとりが立ち上がって、ニギディア号の甲板めがけて手かぎのついた縄を投げつけた。熟練の技をみせて、手かぎがニギディア号の甲板にめりこむ。たちまち、するすると、身軽な海賊がニギディア号にのぼってくる。

少年たちはいつのまにか知らず知らずひとかたまりになり、息さえもつめて、甲板のかたすみに身をよせあって、こわごわと見つめていた。船べりから、ぐいと黒い顔がのぞき、それがひょいと甲板にとびおりると、ぐいぐいとロープをたぐりよせる。ロープのさきにはしごがかかっていた。それをその男はすかさず固定した。そのあいまに、のぼってきた次の二人ばかりが、その男を援護するように、短刀をこれみよがしにかまえながら、少年たちを威嚇していた。

少年たちは、たとえイシュトヴァーンにあのようにいわれなかったとしても、さからう気力はなかっただろう。しょせん、かれらは、ちょっと不良ではあってもごくふつうの少年たちだったし、武器をわたされたところで、そんな、ひとを殺したり殺されたり、などという経験はほとんどしていなかった。ランでさえ、喧嘩の経験はかなりあっても、殺したり、殺されたりの経験はなかった。たぶん、ニギディア号の少年たちのなかで、本当にそういう修羅場を少しでもくぐってきていたのは、イシュトヴァーンだけだっただろう。イシュトヴァーンのほうはまた、その年齢のわりには、かなり半端でないいろいろな体験をしてきていたのだが。

そしてまた、気迫の差、とでもいったものが、ごく簡単に、甲板にのぼってきた黒い男たちの前に、少年たちを圧倒させていた。男たちは、いずれもかなり大柄だったし、いかにも海賊らしい柄の悪い人相風体をしてはいたが、それでも、まだかなり若い――ニギディア号の少年たちくらいに若いものもいれば、かなり小柄なものもいたが、そういう問題ではなかった。結局のところ、どのような日々を送り、どのような経験をしているか、ということが、気迫やたちのぼる殺気を決めていたのだ。

ランでさえ、息をのんだままかれらを見つめていて、とてもさからうことなど思いつかなかった。ことに、かれらがいきなり襲いかかってでもきたら、それなりに身を守るために戦わないわけにはゆかなかっただろうが、かれらは、短刀をぬいて威嚇してはいたが、ひとことも口をきかず、あとからあとからはしけから這いのぼってくるやつらは、いかにも手際よく、船のなかをあらためたり、座礁のようすをみたりしていて、いかにもきびきびした熟練の船乗り、とでもいったように見えた。

ランは、せめても何かあったらば必ずイシュトヴァーンと運命をともにできるようにと、愛する首領のかたわらにぴったりとよりそって、こわばった手に短刀の柄を握り締めていた。あまりにぎゅっとにぎっていたので、もう手を開くことができなくなってしまうのではないかとさえ、思われるくらいだった。イシュトヴァーンは、相変わらず蒼白な顔で、じっと立ったまま、おのれの愛する船が、見ず知らずの海賊どもに我が物顔に検分されるようすを見つめていた。その蒼白な顔は、こおりついたように無表情で、決して弱々しくも、おびえた表情をうかべてもいなかったのだが、ランは、ふいに、ひどくイシュトヴァーンがいたいたしくなった。イシュトヴァーンが、あまりにもうら若く、そして、かれがまだたったの二十歳にすぎないのだ、ということをひどく強く感じたのだ。イシュトヴァーンには、これほどの人望もあれば、二十歳としてぬきんでた才

能も、気力も、野望もあるのに、まだこの若さであるというばかりに、この場をどうすることもできないのだった。海賊たちは、何の危険も、おそれも感じていないようすだった。

「これで全部か。この船に乗ってるのは」

どやどやとずいぶん大勢の黒人たちがあがってきたように思われたころ、ようやく、なかのかしらだった、おそろしく大柄で、ひどくでっぷりとして、つき出た腹にサッシュをまいた黒人の大男が、ずいとかれらのほうに寄ってきて、横柄な口振りできいた。

「随分、少ねえじゃねえか」

「あんたらは……」

イシュトヴァーンは、さぐるように云った。

「あんたらは……どこのもんだ？　《黒い公爵》のとこの……」

「ラドゥ・グレイだと？」

あざけるように、大男がいった。それから、ふいに、何かにひどくびっくりしたような目が、イシュトヴァーンにむけられた。

「お前がこの船の船長なのか？　まさかな？——大人はどこにいる？　ガキばかりじゃねえか。大人は、どこに隠れてるんだ。これはクムの奴隷船なのか？」

「この船はニギディア号。この船は俺の船だ」

蒼白なままだったが、それでも昂然と、イシュトヴァーンが云った。男はものに驚いたように目をほそめて、じろじろと、いやな目つきでイシュトヴァーンを見つめた。

「本当か？　お前がこの船の主だとでもいうのか。こりゃあたまげた——お前、東チチアの色子じゃねえのか」

「俺は色子じゃねえ」

はねかえすように、イシュトヴァーンが鋭く叩きつけるようにいった。

「あんたらは、どこの連中だ。俺たちをどうするつもりだ？」

「座礁して、動きがとれねえんだろう？」

大男が答えた。

「俺たちゃ、親切だからな。というか、このライジア水道は俺たちのシマだからな。だから、ここで座礁してる連中は、俺たちがとりまとめて、船をバンドゥまで曳いてってやろうっていうしきたりになってんだぜ。俺は《六本指》のジック、バンドゥじゃあ知られた海賊だ」

「《六本指》ジック……」

イシュトヴァーンは、さいごの望みが絶たれたことを知った。かれらは、《黒い公爵》の部下ではなかったのだ。むしろ、確か、その名は、《黒い公爵》たちに抵抗した連中のなかのひとりのはずだった。

「バンドゥへ連れていって……俺たちをどうするんだ？」

「そりゃ、いろいろと働いてもらうか……いろいろとな。だが、待てよ。本当にこの船にゃ、ガキしかいねえのか？　それに、沿海州の船だな、みんなまっちろい面をしやがって、本当にお前らだけでこのボロ船を動かしてきたのか。沿海州から、お前らガキどもだけできたってのか、ええ？」

「……」

深くプライドを傷つけられて、イシュトヴァーンはぷいとおもてをそむけた。大男のジックは、そのイシュトヴァーンの前にずかずかと近づき、ひょいと丸太ん棒のような腕をのばすと、太い真っ黒なイモムシのような指で、イシュトヴァーンの細いあごをつかんでもちあげた。

「答えろ。――お前ら、本当に沿海州から子供らだけできたわけじゃねえな。何かいわくがあるだろう。――お前ら、わかったぞ。逃げ出してきた奴隷どもだな」

「失敬なことをぬかすな。俺たちは誰ひとり、奴隷なんかじゃねえ」

たまりかねて、イシュトヴァーンは激しく云った。

「俺たちは――俺たちは……」

「これや、見かけよりずいぶんと向うっ気が強いじゃねえか」

ジックがあざけった。その目はますます細められて、じろじろとイシュトヴァーンを見つめていた。

「まさか、クルドの宝を探しにきた、なんて言い出すんじゃあねえだろうな。もしそうなら、お前ら、俺たちに見つかって、とてつもなく運がよかったってものだぜ。いま、《黒い公爵》ラドゥ・グレイは、今度こそクルドの宝を回収し、そして永久にクルドの宝をねらいにくるばかどもをライジアに近づけねえようにしようと、いまクルドの宝探しにくるばかどもは皆殺しにすると決めてるからな。それもただの皆殺しじゃねえ。皮をはぎ、帆柱からさかさにぶらさげ——ありとあらゆる残虐な処刑による皆殺しだ。大変なこったな」

「………」

イシュトヴァーンはまた歯を食いしばった。男の指はずっとイシュトヴァーンの顎を執拗にとらえてはなさなかった。

「おい、ミロ。マップ。ガキ共の武装を解除し、船内を調べろ。それから、この船の曳航の準備にかかれ」

「ようそろ」

どすのきいた声が答える。何もかもが、かれら——ニギディア号の少年たちのしていたのが、どんなにつたない、無邪気な《海賊ごっこ》にすぎなかったのか、をかれらに思い知らせるかのように、いかにも本物の悪党らしくて、そして、ぶきみなほどに底ごもっていた。

「ジック、こいつら、全員縛り上げるのか」

「使えそうなやつとそうでねえのにわけろ。この首領――だかなんだか本当のとこは知らねえが、こいつは、とりあえずこっちだ」

ジックの手が、こんどはイシュトヴァーンの腕をつかんでぐいとひいた。イシュトヴァーンは迷ったが、ここで甲板を埋め尽くしている海賊どもをあいてに騒ぎをおこしても、まず勝ち目などひとかけらもないことはわかっていたので、じっとこらえた。そのままかれはくちびるをかたくかみしめたまま、ひとことも云わずに、ひきずりよせられてなでまわされてもじっと耐えた。

ランの心配そうな目が必死にイシュトヴァーンの目を、指図をあおぐように見上げている。それに、イシュトヴァーンは、かるくそっとかぶりをふってみせた。

男たちは、情け容赦なく、少年たちの選別にかかっていた。どのような基準で選んでいるのかはかなりはっきりしているようだった――うんと若いもの、ちょっと見た目のきれいなもの、健康そうでからだに傷もなく、いかにも使えそうなものは右側においやられ、そうでないものは左側にやられた。あっという間に選別がすんでしまうと、ジックは、左側に集めた連中を、船倉に追いやるように命じた。右側にあつめられたものたちは、縄をかけられて、じゅずつなぎにされ、船室に追い込まれた。

少年たちは、何ひとつさからう気力も喪って、おとなしい牧場のヒツジ《フラー》たちのように、選別され、仕分けされた。海賊どもの人数が圧倒的に多いこともあったし、イシュトヴァーンがさからうなと命じたこともあったが、それ以上に、かれらは、間近に見ただけで、海賊どもにさからう気力そのものをなくしていた。少年たちのなかで、一番たくましいバールや、コールであっても、海賊どもにくらべるとはるかに小柄で、華奢で、無力そうにみえた。それは、年齢のせいばかりではなく、かれら——南方の黒人種たちがもともと全体に非常に体格がよく、沿海州の人種は比較的小柄だ、ということもあったのだろうが。

そしてまた、それ以上に、殺戮や虐殺、掠奪など、血なまぐさい行為にいかにも馴れていることを感じさせる、海賊どもの動き回るようすが、少年たちを怯えさせ、あらがう気力をすべて萎えさせていた。海賊どもは腰に巨大な蛮刀を帯びていて、また、使いやすそうな、いかにも使い込んだ感じの短刀をもサッシュにさしこんでいた。いかにも、ちょっとでもさからえば、何の容赦もなくその短刀が鞘走りそうなぶきみさが、かれらのひとりひとりから漂って、いっそう少年たちを金縛りにしていたのだ。かれらは、身を寄せ合い、ふるえながら、何をされてもあらがわずに、これから自分はどうなるのだろうと不安におののいているばかりだった。

「よし、引き上げるぞ」

《六本指》ジックはやがて命令した。船のなかじゅうに散らばっていた海賊どもが、船の点検をおえて戻ってきたあと、それぞれから報告をきいて、そして命令が下された。

「船のほうはどうだ」

「それが、思わしくねえな、おかしら」

「暗礁から、簡単には抜け出せそうもねえか」

「どうやらな」

「そうか、じゃあ、まあ、しょうがねえな。こんなガタのきたボロ船だしな」

「ま——待てよ」

おとなしくしていたイシュトヴァーンは、はっとなって叫んだ。

「お前ら、どうする気だ……この船を」

「静かにしてろ、べっぴん」

ジックはせせら笑った。そして、ぐいと、イシュトヴァーンをひきずり、手すりにかけたはしごのほうに追いやった。

「はしけに乗れ。——こいつは俺が連れてゆく。それから、そっちのコヒツジ《フラム》どもはそちらのはしけに乗せろ。傷をつけるな。大事な商品だ」

そのことばをきいて、イシュトヴァーンのおもてがさらに青ざめたが、イシュトヴァーンは何もいういとまもなく、はしけに乗り込まされた。それから、船室に入れられていた少年たちが連れてこられ、縛られたまま、乱暴な方法ではしけに乗り込まされた——上の甲板から、大男の海賊が、下にむけて、どんどん、少年たちを投げ落としたのである。よほどこの作業になれているのか、下で二人の海賊がひとりも落としもせずに少年たちを受け止めたが、そのたびにはしけは大きく揺れたし、なかには恐怖のあまり気を失ってしまう少年もあった。イシュトヴァーンは、海賊どもがぎゅうぎゅうづめになったはしけのなかから、そのようすをじっと見つめていた。

「よし。これで全員だな」

ジックがニヤニヤ笑いながらいった。

「乗り切れねえやつらはこの船のボートを使え。二艘降ろさなくてもなんとかなるだろう。それとも二艘ねえとだめか」

「水と食料を運ぶから、二艘とも使ったほうがいいな、ジック」

「そうか。じゃあそうしろ」

きびきびしたしぐさで、ニギディア号のボートがおろされ、ニギディア号から運びだされた食料と水の樽、それに酒樽が運び込まれる。それから、そのボートに、残りの海賊たちが乗り込んだ。はしけは、どちらも、じゅずつなぎにされた少年たちでいっぱいだったのだ。

「よし、全員乗ったな。では、はなれろ」

「待ってくれ」

イシュトヴァーンはついにたまりかねた。

「全員じゃねえだろう。……まだ船倉にいるじゃねえか、七人も……あんたらが仕分けした……」

「よーし、じゃあ、ガッツ、まかせるぞ。いつものようにな」

イシュトヴァーンの声になど、耳もかさずに、ジックが云った。

「ようそろ」

まだ、甲板の上には二、三人の海賊たちが残っていた。

ふいに、かれらのしている作業に、イシュトヴァーンの目はくぎづけになった。からだじゅうの血が凍った。

「な——何を……」

かれらは、ニギディア号の甲板といわず、船室といわず、ニギディア号の船倉からもちだした油を、ふりまいていた。

「うわっ、ぬるぬるだ」

「すべるなよ。手につけると、ボートにうつるのが難儀になるから気を付けろ」

「ま——待ってくれ」

イシュトヴァーンはあえいだ。はじめて、本当の恐怖が——そして、恐しい、見たくなかった真相の実態が、かれの胸につきあげてきた。かれはこれ以上なれぬくらい蒼白になった。

「待ってくれ。ちょっと待ってくれ。頼む……ど……どうするつもりなんだ」

「おかしらは今夜はお楽しみだな」

同じはしけに乗っている海賊のだれかが卑猥な笑い声をたてた。

「俺たちにも、まわってくるやつはいるのかな」

「あんまり、見たところ、ほかにはうまそうなのはいなかったがな。まあ、それでいいなら、云ってみるこったな」

「頼む」

イシュトヴァーンは、心臓が、いまにも張り裂けそうに鳴り出すのを感じながら口走った。

「頼む。まさか、まさかあんたらは……あんたらは、俺の——俺の船を……」

「すみました。おかしら」

船の上から、声がした。そして、残っていた海賊どもが、するするとロープをおりて、さいごにボートにのりうつった。

「よし」

イシュトヴァーンをかかえこむようにしていた、《六本指》のジックの口から、非情な命令が発せられた。

「火をかけろ」

「待ってくれッ！」

イシュトヴァーンは絶叫した。

「待って、待ってくれ！　あのなかには、まだ俺の――俺の仲間がいるんだ！」

海賊どもは、用意の火矢の先に火をつけていた。それが、びゅんといまわしい音をたてて、ニギディア号にむかってとんでゆくのを、イシュトヴァーンは、信じがたいものを見る目で見つめた。

「あのなかには……みんなが……」

イシュトヴァーンの声がかすれた。

「やめて――やめてくれ、頼む……俺の――俺の仲間――ニギディア号……俺の……」

ニギディア号の甲板には、油がばらまかれていた。

火矢が落ちた瞬間に、文字どおりニギディア号は炎に包まれた。木造の船である。火のまわりは早かった。イシュトヴァーンはもはや声もでない恐怖にみちた目でただ、炎につつまれてゆく、かれの最初の愛するものを見つめていることしかできなかった。

船倉では、恐怖におののく少年たちの悲鳴があがっているのだろうか。すでにはしけはニギディア号からの火を避けて、ぐいぐいと外海めざして漕ぎ出している。二艘のはしけと、二艘のボートが、少年たちと海賊と、そして戦利品とをのせて、どんどんニギディア後をはなれてゆく。

イシュトヴァーンは、ほとんど気を失ったようになって、はしけの中にくずおれた。海賊どもがぎっしりと乗り込んでいたので、倒れ込むだけの余地もなかったが。彼の目は、もはや、見開いてはいても、すでにニギディア号の葬送の火――なかに、七人もの罪もない少年たちをのせたままはなたれた、おそるべき地獄の炎をうつしてはいないようだった。

哀しみの海を、はしけは矢のように、ライジア水道の出口をめざして、しだいに速度をあげて突っ走っていった。

神楽坂倶楽部 URL
http://homepage2.nifty.com/kaguraclub/

天狼星通信オンライン URL
http://member.nifty.ne.jp/tenro_tomokai/

天狼叢書の通販などを含む天狼プロダクションの最新情報は、
天狼通信オンラインでご案内しています。
これらの情報を郵送でご希望のかたは、長型4号封筒に返送先をご記入のうえ80円切手を貼った返信用封筒を同封して、お問い合わせください。（受付締切等はございません）

〒162-0805 東京都新宿区矢来町109　神楽坂ローズビル3F
（株）天狼プロダクション情報案内グイン・サーガ17上係

著者略歴　早稲田大学文学部卒
作家　著書『さらしなにっき』
『あなたとワルツを踊りたい』
『蜃気楼の彼方』『運命の糸車』
（以上早川書房刊）他多数

HM = Hayakawa Mystery
SF = Science Fiction
JA = Japanese Author
NV = Novel
NF = Nonfiction
FT = Fantasy

グイン・サーガ外伝⑰

宝《たから》　島《じま》

〔上〕

〈JA702〉

二〇〇二年十月　十　日　印刷
二〇〇二年十月十五日　発行

（定価はカバーに表示してあります）

著者　栗《くり》本《もと》　薫《かおる》
発行者　早　川　　浩
印刷者　大　柴　正　明
発行所　株式会社　早　川　書　房
郵便番号　一〇一－〇〇四六
東京都千代田区神田多町二ノ二
電話　〇三－三二五二－三一一一（大代表）
振替　〇〇一六〇－三－四七七九九
http://www.hayakawa-online.co.jp

印刷・株式会社亨有堂印刷所　製本・大口製本印刷株式会社

ISBN4-15-030702-4 C0193